韓國의 漢詩 5

朴誾・李荇 詩選

한국의 한시 5

박은 · 이행 시선

허경진 옮김

평민사

 머리말

　박은과 이행이 함께 가까이했던 벗으로는 남곤이 있다. 이
들이 모두 글을 잘 지었지만, 정치 행적은 각기 달랐다. 그러
면서도 평생 가깝게 지냈다.

　박은은 연산군의 폭정 속에서도 임금의 잘못을 솔직하게
간하다가, 갑자사화에 희생자가 되었다. 남곤은 정반대로 권
력을 탐내어, 많은 사람의 비난을 받았다. 이행은 바른말을
하다가 귀양까지 가면서도 온건하게 처신하여, 뒷날 대제학
의 지위에까지 올랐다.

　박은과 남곤은 정반대의 길을 걸었지만, 평생토록 절친하
게 사귀었다. 박은이 어려운 일을 당했을 때에 남곤이 도와
주기도 하였다. 그러나 박은은 어지러운 세상에서도 워낙 꼿
꼿하게 살았기에, 많은 사람들이 지켜보는 앞에서 끝내 26살
젊은 나이로 효수되었다. 그가 죽은 지 사흘 뒤에는 '박은의
친구였다'는 죄 때문에 이행이 곤장 백 대를 맞고 유배되었
다. 남곤은 이때 권력의 핵심에 있었다.

　그러나 오늘에 와서 조선 초기의 대표적인 시인으로는 박
은과 이행만을 손꼽는다. 사장파(詞章派)의 대표로 나서서 조
광조를 규탄하며 기묘사화를 일으켰던 남곤의 시는 그만큼
알아주지를 않는다. 이완용의 난초를 알아주지 않는 것처럼,
사람 됨됨이 때문에 남곤의 시가지도 후세인들에게 버림받은

것이다. 아니, 남곤 자신이 자신의 생애를 뉘우쳤기에, 자기
의 시를 모두 불태우고 죽었다. 친구들에게 흩어져 전해지던
박은의 시를 이행이 모아《읍취헌유고》를 엮었다.

이행의 문집인《용재집》은 증손자인 동악 이안눌이 다시
간행하였다. 연산군의 폭정 아래서 각기 대조적으로 살았던
세 지식인을 다시금 생각하면서 이 시선을 엮는다.

《읍취헌유고》와《용재집》에 실린 순서대로 배열한다.

— 1990. 3. 15
허 경 진

차례

부록

박은 시선

朴誾 詩選

지정에게

呈止亭

내 커다란 구슬 가지고 있으니
여룡이 잠든 틈에 몰래 얻었네.[1]
이 구슬을 모르는 사람에게 던져 주면
세상 사람들이 반드시 칼자루를 잡으리라.[2]
그 누구련가, 이 구슬 받을 사람이,
지정에게 가야 하건만,
거사는 보배로 생각지 않아
그런 물건엔 얽매이지 않아라.
거사의 글씨는
왕희지·종요[3]를 보는 듯,

■

* 지정은 박은과 가장 가까운 벗 남곤의 호이다. 이 시에서 거사는 물론 남 곤을 가리킨다.
1) 《장자(莊子)》열어구(列御寇)에 "천금의 구슬은 반드시 매우 깊은 물속, 여룡의 턱밑에 있으니, 그것을 얻으려면 반드시 여룡이 잠자는 틈을 타야 한다." 하였다.
2) 《사기(史記)》권83 〈노중련추양열전(魯仲連鄒陽列傳)〉에 "명월주(明月珠) 와 야광벽(夜光璧) 같은 좋은 보배를 남모르게 길 가는 사람에게 던져 주 면 칼자루를 잡고 노려보지 않을 사람이 없다. 좋은 보배가 까닭 없이 자 기 앞에 떨어졌기 때문이다." 하였다. 자기의 시를 알아줄 사람은 남곤밖 에 없다는 뜻이다.
3) 종요(鍾繇)는 위(魏)나라의 서예가인데, 그의 글씨는 종법(鍾法)이라 하여 많이 본받았다.

거사가 시를 지으면
가도·맹교⁴⁾라도 견줄 수 없어라.
날 개인 창밖은 고요하고
환한 햇빛만 가득 깔렸는데,
흥에 끌려 미친 듯
술에 취해 병든 듯해라.
벼루에 먼지를 털어
먹 갈아 놓고,
붓에다 먹물 찍어
종이에 휘둘렀네.
다리 뻗고 편안히 앉아 움직이지 않아도⁵⁾
마음과 서로 들어맞아,
구름 일고 비 뿌리며
뜻과 기운 빼어나라.

■

4) 가도(賈島)·맹교(孟郊)는 당나라의 시인이다.
5) 송나라 원군(元君)이 그림을 그리려 하자, 각처에서 화공들이 모여들어
   읍(揖)을 한 뒤에 대기하고 서서 붓과 먹을 준비하고 있는데 한 화공이
   뒤늦게 와서는 읍도 하지 않고 대기하고 서지도 않았다. 원군이 처소를
   정해 주고는 사람을 시켜서 살펴보게 했더니, 옷을 풀어헤친 채 다리를
   뻗고 편안히 앉아 있었다. 그러자 원군이 "좋다. 진짜 화공이다."라고 말
   한 고사가《장자(莊子)》〈전자방(田子方)〉에 실려 있다

빙그레 웃음 지으며
굳은 마음 보여 주니,
백아의 거문고 · 혁추[6]의 바둑도
오묘한 속을 견줄 수 없어라.
내 지정에게 물었지
무엇을 좋아하냐고,
때때로 남은 힘을 길러
내 마음을 일으켜 주겠다네.[7]

我有尺璧、　　遭驪龍睡。
以暗相投、　　世必按劍。
誰歟受之、　　止亭是歸[8]。
居士不寶、　　物無累鑑。
居士用筆、　　如見羲繇。
居士爲詩、　　不數賈孟。

■
6) 바둑을 잘 둔 사람.《맹자》에 나온다.
7) 공자가 시에 대하여 자하(子夏)와 문답하다가 자하를 칭찬하였다. "나를
　일깨운 자는 상(商)이로다. 비로소 더불어 시를 말할 만하구나.(起予者商
　也 始可與言詩已矣)"《논어(論語)》〈팔일(八佾)〉에 나오는 고사를 가져다
　가, 남곤에게 시를 지어서 나를 흥기시켜 달라고 당부한 것이다.
8) 귀(歸)는 '보내다'라는 거성(去聲)의 뜻으로 사용하였다. (자주自註)

晴窓寂寂、　　白日悠悠。
牽興如狂、　　中酒如病。
既拂我硯、　　亦試我墨。
濡我毛君、　　掃我溪楮。
盤礴不動、　　脗然相得。
雲行雨施、　　志逸氣紓。
莞爾一笑、　　歲寒可保。
牙琴秋碁、　　妙莫敢比。
我問止亭、　　中有何好。
時養其餘、　　以起把翠。

북경에 가는 이행을 보내며

韓退之詩曰求觀衆丘小必上泰山岑分韻爲詩
送李擇之朝燕之行

5.

한 줌 흙을 쌓아 태산 만들고
한 잔 물을 모아 하수를 이루었지.
큰물과 높은 산도
본래는 작은 것이 쌓인 거라네.
천박한 이 몸은 힘 모자라고
학문까지도 적어 부끄러워라.
창해 깊이도 더듬어보지 못했거니
태화산 높음을 어찌 알겠나.

撮土積嶔嵾、　　勺水成渺淼。
巨浸與崇岑、　　本亦累微小。
賤夫力不任、　　學問慚寡謏。
未探滄海深、　　焉識泰華表。

---

* 원 제목이 무척 길다. 〈한퇴지(韓退之)의 시에 "뭇 산들이 작은 것을 보려
　면 반드시 태산 정상에 올라야 하리.(求觀衆丘小 必上泰山岑)" 하였다. 이
　시구로 분운(分韻)하여 시를 지어서 연경(燕京)으로 사행(使行) 가는 이
　택지(李擇之)를 전송하다.〉택지(擇之)는 이행의 자이다.

질정관으로 북경에 가는 안선지에게
送安善之以質正官朝燕

시월, 눈보라까지 치니
서쪽 길 시름겨워 더욱 멀어라.
선지가 북경으로 떠난다면서
인사하는 얼굴이 좋지 않아라.
무슨 시름이 있느냐 물었더니
말하려다가 긴 한숨부터 짓네.
"어머님은 연세 높아[1]
흰 머리 드리우셨고,
아버님은 군대 이끌고
삼 년이나 멀리 계신다오.
나마저 객지에 가면
어머님 마음 얼마나 아프겠소.
게다가 젖먹이 어린애는
무릎서 재롱 떨며 놀다가,
옷깃을 잡아당기며
슬피 울고는 떨어지질 않는다오.

---

1) "어버이의 연세를 알고 있지 않으면 안 된다. 그 나이 때문에 한편으로는
   기뻐지고, 그 나이 때문에 한편으로는 두려워진다"고 공자가 말하였다. -
   《논어》 제4 〈이인(里仁)〉

18

나라 일에는 대의가 있으니
어찌 사사로운 정을 말하겠소.
어쩔 수 없이 사신길 떠나는 신세
내 마음 그 누가 알겠소."
내 그 사연 듣고 감동해
말없이 앉아 깊이 생각했네.
사람이 세상에 태어나서
나아가고 물러서기 참으로 어려워라.
부모는 날 낳았고 임금은 날 부리니
조금도 다를 게 없는 이치일세.
충효가 어찌 두 가지랴
부딪치면 다해야 하네.
어버이 섬기기엔 마음 편케 해드리는 게 으뜸
맛있는 음식 대접은 그 다음이지.
선지는 앞날이 창창한 청년
높은 이름 그 누가 맞서랴.
대과 급제도 당연하니
아마 타고난 자질이겠지.

한림원에서 부지런히 일하며[2]
곧은 말로 임금을 깨우치니,
기산에서 우는 봉의 울음 듣는 듯하다고
아는 이들은 모두 칭찬하네.
그대 어버이도 마음속으로는
내 아들이라고 칭찬하리니,
사내대장부의 큰 뜻
젊은 때를 저버리지 말게.
중국은 문명이 앞선 곳
예악이 모두 갖추어져,
선비들 한번 가보기 원하지만
길이 없어 망설인다네.
그대는 지금 조정에서 뽑혀
언제나 세상의 추앙을 받아왔으니
장부라면 나라에 몸 바쳐야지
집안일에 얽매여선 안 된다네.

■

2) 원문은 용리성(聳履聲)인데, 한(漢)나라 애제(哀帝) 때에 정숭(鄭崇)이 상
   서 복야(尙書僕射)로 있으면서 자주 직간(直諫)을 하여, 애제가 그의 가
   죽신발 끄는 소리만 듣고도 "나는 정상서(鄭尙書)의 신발 소리인 줄 알겠
   다." 하였다. 《한서(漢書)》 권77 〈정숭전(鄭崇傳)〉

어버이 마음 편케 해드리는 게 효도이니
이별을 어찌 말하랴마는,
어진 형제들 있어
어버이 편안케 잘 모시겠지.
소매 떨치고 떠나기를 결정하게.
조금도 머뭇거리지 말게나.
황금빛 꽃을 따서
그대 술잔에 띄워 주지.
술 다하면 내 시를 외워
모름지기 경계로 삼게나.

十月政風雪、　　西路愁逶迤。
善之將適燕、　　揖我顔不怡。
我問胡爲愁、　　欲語還長嘻。
高堂年喜懼、　　二毛颯以垂。
尊公受閫寄、　　迢遞三載期。
我又客異鄕、　　奈此傷母慈。
更念失乳兒、　　膝下嬌相嬉。
亦復挽衣裾、　　悲啼不忍離。
王事有大義、　　顧敢言其私。
黽勉就行役、　　我懷人得知。

我聞亦多感、　　默坐以深思。
人生在世間、　　出處難自爲。
父生而君使、　　理不容毫釐。
忠孝豈二事、　　所遇皆可移。
養親貴養志、　　口腹斯爲卑。
善之今青年、　　高名誰等夷。
大科固其常、　　抑亦天所資。
鑾坡聳履聲、　　讜語驚天墀。
如聞鳳鳴岐、　　識者迭嗟咨。
知君父母心、　　亦謂吾有兒。
男兒四方志、　　勿負少壯時。
上國文明地、　　禮樂俱在茲。
士生願一見、　　無路空趑趄。
君今應朝選、　　動爲時所推。
丈夫義徇國、　　家累要撥撝。
安心乃爲孝、　　別離那更辭。
況有賢弟兄、　　足視甘旨宜。
奮袂決行止、　　去矣莫留遲。
采采黃金花、　　泛君金屈巵。
酒盡誦吾詩、　　聊以當箴規。

시를 보내준 벗 이행에게

和擇之

세상 일 짐작하는 건 늘 늦어서 걱정
친구를 사귀는 건 늘 일러서 탈,
내 이제껏 스물네 해 살아왔지만
모든 일이 평소의 내 뜻과는 어긋났어라.
자나깨나 두려운 것은
가는 세월 따라서 나도 늙어가는지,
평생 동안 마음으로 사귄 친구들
이 세상 먼지 길에 흩어져가네.
요즘 들며 더구나 놀랍기는
빗자루로 쓸어버린 듯 문 앞을 찾는 이 없네.
옛날이고 이제고 모두 부질없어라
얻은 것도 잃은 것도 보잘것없네.
어진 선비들은 산속에 붙어서 살고
천한 무리들이 비단옷 입는 세상.
가여워라, 떳떳하게 지조 지키는 이들이
얼마나 초췌하게 떠돌아다니던가.
변화 많은 이 세상 일 얽히고 설켜
저 푸른 하늘에게 물어보려네.
이 하늘과 이 땅도 오래지는 못하리니
사람의 한때 목숨을 어찌 믿으랴.
아첨꾼이 한나절 반짝하는 건

소낙비가 아니면 길바닥에 고인 빗물이지.
참된 선비를 어찌 가벼이 볼거나
베잠방이 속에는 기특한 보배 들었다네.
천추에 그 이름 썩지 않으리니
높은 벼슬 따위야 처음부터 즐기지 않았지.
보내온 시를 보니 사연이 하도 서글퍼
내 마음 또다시 괴로워졌네.
꾀꼬리도 내 탄식 도우려는 듯
세 번 울다 처마 끝으로 날아가는군.

見事常恨晩、	取友常患早。
我生二十四、	細大乖素抱。
常恐癉痲頃、	逝者及老耄。
平生知心人、	散落塵埃道。
近日已堪驚、	門巷了如掃。
今古謾悠悠、	得喪何草草。
山林著賢俊、	錦繡被輿皁。
可憐強毅魂、	幾作澤畔槁。
變化乃糾纏、	我欲問穹昊。
天地不能久、	人壽那更保。
夸毗一日炎、	驟雨與行潦。

匹士安可輕、　　短褐秀奇寶。
千秋當不朽、　　金紫本非好。
詩來極悲慨、　　使我得心惱。
黃鸝如助歎、　　三哯過簷橑。

갑인(甲寅)에 닻줄을 풀다

甲寅解纜

오경 무렵에 바람이 그쳐
새벽에 배가 다시 떠나니,
산과 돛이 앞서다가 뒤서고
하늘과 물결이 어두웠다 밝아지네.
작은 시장바닥엔 생선 냄새 비릿하고
외로운 마을엔 삽살개 사납게 짖네.
어제는 성난 파도에 시름겹더니
오늘은 날씨가 맑아 기쁘구나.
물살이 험한 마탄을 곧바로 지나
맑게 비친 은하수를 굽어보네.
독포1)는 백 보 너비도 안 되고
광나루는 갈대 하나로 건널 만해라.2)
저기 가로 놓인 백운대가
내게 읍하며 마치 영접하는 듯해라.

■

1) 광나루의 상류에 있는 포구이다.
2) 소동파(蘇東坡)의 〈적벽부(赤壁賦)〉에 "갈대 하나만 한 조각배 가는 대로
맡겨 둔 채 아득한 만경창파를 건너노라.〔縱一葦之所如 凌萬頃之茫然〕"
하였고, 달마대사(達磨大師)가 갈대 하나를 타고 양자강을 건넜다 한다.

며칠 동안 실컷 배를 탔더니
꿈속에서도 자주 깜짝 놀라네.
그 뉘가 알랴 생사의 이 세상이
본래 하나의 큰 바다인 줄을.

五更風始休、　　黎明舟復行。
山與帆先後、　　天兼波晦明。
小市魚氣腥、　　孤村狵吠獰。
昨愁鯨濤怒、　　今喜雲日晴。
直過馬灘險、　　俯鑑明河淸。
禿浦無百步、　　廣津一葦橫。
庚庚白雲臺、　　揖我若相迎。
數朝厭浮泛、　　魂夢頗屢驚。
誰知生死寰、　　本是一大瀛。

택지에게 화답을 청하며

霖雨十日門無來客悄悄有感於懷取舊雨來今
雨不來爲韻投擇之乞和示

1.

두보는 늙도록 나그네 되어

입에 풀칠하느라 온 세상 돌아다녔지.

평생 배고픔과 추위에 시달렸지만

구렁에서 건져줄 사람 없었네.

깊은 가을 장안에 살며

장마에 지붕 새어 걱정했었지.

고관들 문 앞은 시끌벅적

수레와 말들이 모여들지만,

벗까지도 찾아오지 않으니

내 집 누추한 걸 알겠구나.

갈 곳도 없는 그대 자위자[1]

내가 십 년이나 사귄 친구이지.

■

* 원제목이 길다. 〈장마가 열흘이나 계속되자, 문 앞에 찾아오는 손님도 없
  었다. 쓸쓸한 느낌이 들어 '예전에는 비가 와도 찾아오더니 지금은 비가
  오면 찾아오지 않네[舊雨來今雨不來]'라는 일곱 자를 운으로 삼아, 택지
  에게 시를 지어 보내며 화답을 청한다.〉 이 시는 그 가운데 첫 번째로 '구
  (舊)'자를 운으로 삼아 지은 시이다. 택지는 이행의 자이다.
1) 자위자는 두보의 친구인데, 여기서는 박은 자신의 친구인 이행을 뜻
   한다.

가난한 골목이라 꺼리지 않고
술병을 들고 찾아와 주면,
깊은 시름 풀 수도 있겠지
다른 사람들이야 탓해 무엇 하랴.

杜子老羈旅、　　糊口彌宇宙。
平生飢寒迫、　　未見溝壑救。
窮秋長安城、　　霖雨愁屋漏。
公侯門雜沓、　　車馬所輻輳。
故人尙不來、　　信覺吾居陋。
踽踽子魏子、　　是我十年舊。
不憚窮巷泥、　　載酒或相就。
庶可解幽憂、　　餘子安足詬。

7.

젊어선 술을 끊으려 했건만
중년 들며 잔 들기를 좋아하였네.
이 물건이 좋다니 무엇 때문일까
아마도 가슴속에 덩어리가 있어서겠지.
산처(山妻)가 아침에 일러 주는 말,
"작은 독에 새 술이 맛들었다"고.
혼자서 주고받기엔 흥이 미진해
내 친구 자네가 오길 기다리고 있었다네.

早歲欲止酒、　　中年喜把杯。
此物有何好、　　端爲胸崔嵬。
山妻朝報我、　　小甕潑新醅。
獨酌不盡興、　　且待吾友來。

■
* 이 시는 일곱 번째로 '래(來)'자를 운으로 삼아 지은 시이다.

장어사 다리 위에서 추석 달빛을 즐기며
藏魚寺橋上中秋翫月用擇之韻

높은 하늘에 환한 달빛이
넘실넘실 천리 먼 곳까지 비추네.
저 둥근 달 때로는 이지러지고
가는 세월 다시는 돌아오지 않지.
그 누가 저 물과 달을 보내
오늘밤 이처럼 곱게 꾸며 주었나.
하늘은 참으로 속되지 않아
나를 못내 잊지 않으시네.
바람 일어 소나무는 한밤에 울고
불 켜자 물고기들 놀라 달아나네.
이불 두르고 돌다리에 기대 앉아
술단지 열어보니 막걸리가 가득해,*
내 평생 맑은 경치를 사랑했기에
마치 굶주리다 밥이라도 얻은 듯해라.
그대 따라다니며 십 년이나 놀았지만
한 번도 손해 본 적은 없었지.
그대 시 짓는 솜씨야 샘물 같아서
넓은 근원 저절로 이루어,

* 정순부(鄭淳夫)가 막걸리를 좋아해 '혼돈주(渾沌酒)'라고 이름하였다. (원주)

31

술잔 돌리며 내게 시 짓기를 재촉하면
미처 밀고 당길 겨를도 없었지.
취한 가운데 지은 시를 어찌 다 고치랴
깊은 속마음을 나타낼 뿐이라네.

皎皎九霄光、　　滔滔千里遠。
圓者有時缺、　　逝者不容返。
誰遣水與月、　　今宵媚且婉。
天公眞不俗、　　爲余似繾綣。
風生松夜鳴、　　火發魚驚遁。
擁被倚石矼、　　開尊潑渾沌。
我生愛淸境、　　輒似飢得飯。
從君十年遊、　　一事不見損。
君詩如源泉、　　浩浩自有本。
盃行催拙句、　　不及借推挽。
醉語那更刪、　　秖以寫深懇。

지정과 용재에게

正月十九日與擇之飮止亭明日爲詩戲贈止亭
兼奉容齋

그 누가 왕자유더러
풍류 오래 남으리라 했던가.
주인집 대나무만 즐기고는
주인이 차려준 술은 안 마셨다지.[1]
대나무와 마주앉아 술 마시니
내 너에게 무엇이던가.
한양은 티끌 안개 속에 잠겨
머리 들기도 어려운 데다
북산의 좋은 수석들은
남씨 집안에서 거의 다 차지했네.
흥이 날 때마다 혼자 찾아가
술 내놓으라며 소리부터 외쳤지.
주인은 없어도 그만이었고
주인이 있다고 더 좋을 것도 없었지.

■

* 원 제목이 길다. 〈1월 19일에 택지(擇之)와 지정(止亭)의 집에서 술을 마시고 그 이튿날 시를 지어 장난삼아 지정에게 드리고 용재(容齋)에게 올린다〉 택지는 이행의 자이고 용재는 호이니, 같은 사람이다.

1) 진나라 왕자유는 대나무를 몹시 좋아하였다. 어떤 사람의 집에 좋은 대밭이 있다는 말을 듣고 그 집에 찾아가 대밭에서 놀았다. 주인이 집안에 술을 차려놓고 기다렸지만, 왕자유는 흥이 다하자 주인을 만나보지도 않고 그대로 돌아갔다.

취하면 문득 그대로 나와
내 마음대로 거리낌 없이 노닐었지.
어제 만리뢰²⁾를 찾아갔더니
마침 봄눈이 내린 뒤였네.
노병³⁾은 없어도 괜찮았지,
다행히 내 벗을 만났으니까.
시냇물과 산이 반가이 맞아주고
새들도 서로 나를 꾀어,
잔 들고 좋은 시 짓다보니
해 기우는 것도 몰랐어라.
소나무 사이에서 '물렀거라' 소리에⁴⁾
그윽한 정취 거칠어졌지만,
부딪치면 만나는 게 옳은 거지
어찌 담을 넘어 달아나랴.

■
2) 서울 백악산(白嶽山) 기슭에 있는 여울로, 남곤(南袞)의 집 뒤에 있었다.
3) 진나라 때에 환온(桓溫)을 노병(老兵)이라고 놀렸다. 이 시에서는 주인인
   남곤을 놀린 말이다.
4) 당나라 시인 이상은이 몇 가지 살풍경(殺風景)을 말했는데, '소나무 사이
   에 갈도(喝道) 소리'가 들어 있다.

서로 붙잡고 실컷 마시다
누군지도 알아보지 못하게 몽롱해졌지.
앉아서 옥산이 쓰러지는 걸 보고[5]
옆사람들이 다투어 손뼉쳤네.
진솔한 우리 모습 이와 같으니
덧없는 인생도 견디며 사는 거지.
부디 주인에게 말해주게.
술 한 말 다시 차려내라고.

孰謂王子猷、　　風流端不朽。
但賞主人竹、　　不飮主人酒。
對竹飮佳酒、　　吾於爾何有。
京師塵霧中、　　阽隘難擧首。
北山水石勝、　　南家占十九。
興來每獨往、　　索酒先叫吼。
無主不加少、　　有主不加厚。
取醉輒徑出、　　適意斯不負。

■
5) 진나라 혜강(嵇康)이 술이 취해 넘어질 때에 마치 옥산이 무너지는 것 같
다고 하였다.

昨過萬里瀨、　　偶逢春雪後。
老兵失亦可、　　猶幸得吾友。
溪山自青眼、　　禽鳥如相詢。
舉盃聯好詩、　　未覺日已西。
松間聞喝道、　　幽趣忽鹵莽。
迫則斯可耳、　　寧更踰垣走。
相持還劇飮、　　蒙不辨誰某。
坐見玉山摧、　　旁人爭拍手。
眞率乃如此、　　浮生能耐久。
幸爲報主人、　　更置酒一斗。

어제 만리뢰에서 술을 마시며 고금의
인물과 사적을 맘껏 담론하고 취한 몸을
부축받아 집에 돌아왔다. 한밤에
술이 깨니 어제의 일이 또렷하게
생각나기에 고체시 7수를 읊고 등잔불을
가져오게 하여 종이에 써서
이튿날 용재에게 보내어 전날 시 7편을
보내 준 데 답한다.

昨飮萬里瀨劇談古今事扶醉而還夜半酒醒懷
抱耿耿吟成古體詩七首呼燈書之明日投容齋
以答前日七篇之惠

<hr />

* "품은 뜻 있은들 군이 호두에 갈 필요 있으랴.[有懷何必到壺頭]로 운자(韻
字)를 삼았다.(원주)
　송나라 진사도(陳師道)의 시 〈기시독소상서(寄侍讀蘇尙書)〉에 "나라 경영
에는 종래에 노련한 솜씨 필요하니, 품은 뜻 있은들 군이 호두에 갈 필요
있으랴.[經營向來須老手 有懷何必到壺頭]" 하였다. 후한(後漢)의 마원(馬
援)이 관속에게 이렇게 말하였다. "내가 강개하여 뜻이 큰 것을 보고 나
의 종제(從弟) 소유(少游)가 '선비가 한 세상을 살면서 의식(衣食)이 족하
고 하택거(下澤車)를 타고 관단마(款段馬)를 몰면서 군의 하급 관리가 되
어 조상의 선영이나 지키면서 향리 사람들에게 선인이라 불리면 그만이
니, 그 나머지를 구하면 스스로 괴로울 뿐입니다.' 하였다. 그런데 낭박(浪
泊)·서리(西里)·조간(鳥間)에 있으면서 적은 아직 다 소탕되지 않았고
독한 풍토의 기운이 뿜어져 나와 하늘을 나는 매가 그 기운에 쏘여 물속
에 떨어진다. 이러한 때에 누워서 소유가 말한 생활을 회상해 보지만 이
미 얻을 수 없게 되었다." 마원은 그 뒤 62세에 오계(五溪)를 정벌하러 가
서 호두산(壺頭山)에 진을 치고 있다가 몹시 더운 날씨 때문에 병들어 죽
었다.《후한서(後漢書)》권24〈마원열전(馬援列傳)〉

1.

조화는 작용을 멈춘 적이 없으니
한 번은 홀수이고 한 번은 짝수일세.[1]
공이 이루어지면 만물에게 주고
하늘이 스스로 차지하지 않네.
장부는 훈업을 작게 여기지만
때가 오면 손을 쓰기도 하는데,
우뚝하여라 장자방은
다시 적송자와 벗하였구나.[2]

造化無停機、　　一奇還一偶。
功成付萬物、　　天亦不自有。
丈夫小勳業、　　時來聊下手。
卓哉張子房、　　更與赤松友。

■

1) 기수(奇數)는 양(陽)을 뜻하고 우수는 음(陰)을 뜻하니, 음과 양이 번갈아
 바뀌면서 만물이 생성소멸함을 가리킨다.《주역(周易)》〈계사전 상(繫辭
 傳上)〉에 "한 번 음이 되고 한 번 양이 되는 것을 도라 한다.〔一陰一陽之謂
 道〕" 하였다.
2) 자방(子房)은 유방(劉邦)을 도와 한나라를 세운 장량(張良)의 자이다. 그
 가 진나라를 멸망시켜 고국의 원수를 갚으려던 소원을 이루자, 공명을 버
 리고 신선인 적송자(赤松子)를 따라 속세를 떠나 은둔하였다.

2.

세상 어지러워 농사나 지으면서도
흰 머리로 나라 일을 걱정하네.
새들도 나무를 가려 앉는다는데
제 자신을 천거하는 짓은 광대 같아라.
관중과 악의3)는 어떤 사람이던가
오로지 이윤4)만이 나의 짝일세.
떨어지는 별5)을 늘 슬퍼했더니
대업이 중도에서 어긋났어라.

世亂托耕稼、　　白頭憂國懷。
鳥猶能擇木、　　自進誠類徘。
管樂亦何人、　　惟尹乃吾儕。
常悲星夜隕、　　大業忽中乖。

■

3) 관중(管仲)과 악의(樂毅)는 전국시대의 이름난 정치가와 장군인데, 제갈
　공명은 자신을 이 두 사람에게 견주었다.
4) 은나라를 세운 어진 재상. 탕왕(湯王)을 도와서 하나라의 폭군 걸(桀)을
　치고, 천하를 평정하였다. 탕왕이 죽은 뒤에 그의 손자인 태갑(太甲)이 무
　도하였으므로, 그를 동궁(桐宮)으로 내쫓았다. 그러나 그가 뉘우치자, 3년
　만에 다시 데려다가 즉위시켰다.
5) 제갈공명이 위나라를 치다가 군중에서 병을 얻어 죽었는데, 군영 가운데
　로 별이 떨어졌다고 한다.

아내마저 죽고 나니

九月生明之夜與誠之飮翠軒忽披容齋稿見第
三詩有欲廢詩酒之語感而作詩因幷和其三詩
囑誠之把筆書之時誠之失解

2.

외로운 등불 그림자만 짝하고 앉았다가
차가운 벌레 소리 누워서 듣네.
상대해 줄 사람 이제는 없어
온갖 시름만 찾아드네.
평생 농사지으며 살자 기약했던
아내마저 갑자기 죽고 나니,
사람의 목숨이란 게 어찌 오래 가랴.
소 발자국에 고인 물처럼 쉬 마를 테지

坐伴孤燈影、　　　臥聽寒蟲音。
更無人相對、　　　只有愁來尋。
平生南畝約、　　　遽已罷瑟琴。
人命豈能久、　　　易竭如牛涔。

* 원 제목이 길다. 〈9월 생명(生明) 밤에 성지(誠之)와 읍취헌에서 술을 마
시다가 갑자기 용재(容齋)의 시고(詩稿)를 펼쳐 읽었는데 셋째 시에 '시
와 술을 끊고 싶다.〔欲廢詩酒〕'는 구절이 있는 것을 보고 감회가 일어 시
를 지었다. 이어 그 세 수의 시에 화운(和韻)하고 그 시를 성지에게 붓으
로 받아쓰게 하였다. 당시 성지가 향시(鄕試)에서 낙방하였다.〉 생명(生
明)은 음력 2일 또는 3일이다. 이때에 달빛이 생기기 시작하므로 재생명
(哉生明)이라 한다. 성지는 안처성(安處誠 1477-1517)의 자로, 호는 죽
계(竹溪)이고 본관은 순흥(順興)이며 글씨를 잘 썼다.

남곤의 집 동산에서
同擇之遊士華北園

주인집의 동산 봉우리는
내 집의 향로,
주인집의 동산 골짜기는
내 집 처마의 낙숫물.
주인이 벼슬이 높고 권세 또한 대단해서
문 앞에는 수레와 말들, 안부 여쭙기도 바빠라.
삼 년 동안 하루도 이 동산을 둘러보지 못했으니
산신령이 계시다면 마땅히 꾸짖으시겠지.
찾아온 손님이라야 다른 사람 아니라
예전부터 주인과 친해 온 사이.
아는 집 대문을 차마 그대로 못 지나고
시냇물 따라 흘러온 배를 그대로 돌릴 수 없어,

■

* 원 제목이 길다. 〈택지(擇之)와 같이 사화(士華)의 북원(北園)에서 노닐
다〉 백악(白嶽)의 산기슭에 있다.(원주)
** 이날 군(君)이 이행(李荇)과 함께 술을 가지고 사화(士華)의 집 뒷동산에
서 놀았으나 사화가 알아차리지 못하였다. 이에 군이 그 바위를 '대은암
(大隱巖)'이라 이름하고 그 여울을 '만리뢰(萬里瀨)'라 이름하였으니, 놀
린 것이다. 바위가 있는 줄 주인이 몰랐으므로 대은(大隱)이 되는 셈이고
여울은 만 리나 멀리 떨어져 있는 셈이기 때문에 이렇게 말한 것이다. 그
래서 이 시를 바위에 적어 두고 돌아왔다.(원주)
이행이 박은의 유고를 편집하였으므로, 여기서 말한 '군'은 박은을 가리
킨다.

바위 사이에서 잠깐 쉬려다가
이 좋은 경치를 뜻밖에 만났다네.
감췄던 여울과 걷혔던 안개도 날 위해 열리고,
학의 울음 잔나비 울음에도 놀라지 않아라.
주인에게는 금과 구슬이 많이 있지만
여러 겹 싸서 넣어 두었으니 어찌 가볍게 주겠는가.
꿰매어 봉하고 자물쇠 채워 밤에도 지킨다지만,
개울과 산을 대낮에 옮겨가는 줄 알지도 못하는구나.
오래 앉았노라니 날이 저물어
흰 구름이 먼 산에 일어나누나.
내가 욕심 없기론 구름만도 못해
여기 남긴 발자취가 부끄럽기만 해라.

主人有峯巒、　　　　　吾家之熏爐。
主人有澗谷、　　　　　吾家之簷溜。
主人官貴勢熏灼、　　　門前車馬多伺候。
三年一日不窺園、　　　儻有山靈應受詬。
客來非異人、　　　　　曾與主人舊。
過門不入亦不忍、　　　讼溪返棹計亦謬。
岩間得少憩、　　　　　景物眞邂逅。
湍藏霧斂爲我開、　　　鶴唳猿啼不驚透。

42

主人有金玉、　　　什襲豈輕授。
緘縢固鐍守夜半、　未信溪山移白晝。
坐久日向晚、　　　白雲生遠岫。
無心我不如、　　　有迹誠自疚。

만리뢰
萬里瀨

1.

눈은 녹아 봄 시냇물에 흘러들고
새는 저문 산 구름 속으로 사라지는데,
고요한 곳에서 취했다 깼다 하며
새 시를 지을수록 그대 더욱 생각나라.

雪添春澗水、　　　鳥趁暮山雲。
淸境渾醒醉、　　　新詩更憶君。

---

* 삼청동 깊숙이 있던 남곤의 집 앞에 시냇물이 흘렀는데, 남곤은 궁중 일
　이 바빠서 아침 일찍 나갔다가 저녁 늦게야 돌아오느라 좀처럼 시냇가에
　나와 쉬질 못했다. 그래서 '만 리 밖에 있는 시냇물'이라고 박은이 이름지
　어, 집주인 남곤을 놀렸다.

2.
거위는 왕우군 집에서 날고[1]
풀은 사혜련 연못에[2] 가득한데,
손님만 와서 부질없이 서 있고
나의 시 화답할 주인은 없구나.

鵝飛右軍宅、　　草滿惠連池。
有客來空立、　　無人和此詩。

■

1) 우군(右軍)은 우장군(右將軍)을 지낸 명필 왕희지(王羲之)를 가리킨다. 이백(李白)의 〈왕우군(王右軍)〉에 "우군은 본래 청진한 사람인데, 소쇄한 모습으로 풍진에 있네. 산음에서 도사를 만나니, 이 거위 좋아하는 손님에게 글 써 달라 요구했네. 흰 깁을 펼쳐 도덕경을 쓰니, 필법이 정묘하여 입신의 경지일세. 글씨를 다 쓰고는 거위를 조롱에 넣어 갔으니, 어찌 주인에게 작별 인사를 했으랴.〔右軍本淸眞 瀟洒在風塵 山陰遇羽客 要此好鵝賓 掃素寫道經 筆精妙入神 書罷籠鵝去 何曾別主人〕"하였다.

2) 남조(南朝) 송나라 사영운(謝靈運)이 그의 친척 아우인 사혜련(謝惠連)을 보면 좋은 구절이 떠올랐다. 한번은 종일토록 시상이 떠오르지 않다가 꿈에 혜련을 보고 "연못에 봄풀이 돋아난다.〔池塘生春草〕"란 구절을 얻었다. 《남조(南史)》 권19 〈사혜련전(謝惠連傳)〉
자신의 정원을 즐기지 못한 남곤을 거위를 아끼지 않은 산음의 도사나 연못이 있어도 시를 짓지 못했던 사영운에 비유하여 놀린 시이다.

택지에게 게으름을 사과하며

昨日余從寓庵飮夜深乃還擇之已先待于翠軒
余醉甚不能對話擇之獨徘徊於黃花靑竹之間
留詩掛花枝曉鼓乃去明宵余酒醒菊間得詩寂
寂發孤笑因次韻投擇之謝余之慢。

1.

오늘 밤에야 술에서 깨고 보니
맑은 달빛만 빈 마루에 가득해라.
어떻게 하면 그대와 만나서
가슴에 쌓인 얘기 다시 꺼내랴.

今宵聊得醒、　　　淸月滿空軒。

何以逢之子、　　　胸懷更細論。

■

* 원 제목이 무척 길다. 〈어제 내가 우암(寓庵)과 함께 술을 마시고 밤이
  깊어서야 집에 돌아오니 택지(擇之)가 먼저 읍취헌(挹翠軒)에 와서 기
  다리고 있었다. 내가 너무 술이 취해 대화할 수 없었기 때문에 택지가
  혼자 누런 국화와 푸른 대나무 사이를 거닐다가 시를 지어 꽃가지에
  걸어 놓고, 새벽을 알리는 북소리가 들린 뒤에 떠났다. 이튿날 밤 내가
  술이 깨어 국화꽃에서 시를 발견하고 적적하던 터에 혼자 웃음을 터뜨
  렸다. 그리고 그 시에 차운하여 택지에게 보내어 나의 게으름을 사과
  한다.〉
  우암은 홍언충(洪彦忠 1473-1508)의 호이다. 자는 직경(直卿)이고 본관
  은 부계(缶溪)이다. 예서(隷書)를 잘 썼으며 문장이 뛰어나, 정희량(鄭希
  良), 이행(李荇), 박은(朴誾)과 함께 사걸(四傑)이라고 불렸다.

2.

국화가 온통 달빛에 휩싸였으니
청절한 모습 절로 사특함이 없구나.
밤새도록 그대가 잠을 못 이루고
시 지을 일 많게 할 줄은 알았네.

菊花渾被月、　　清絶自無邪。
終夜不能寐、　　解添詩課多。

3.

마음은 술 깬 뒤로 차츰 맑아졌으니
시름겹게 대나무를 바라보지 않으셨는지.[1]
오늘 밤에사 맑은 멋을 알았으니
이번에는 술 끊은 사람이 와야 하리라.[2]

心從醒後皎、　　　愁對此君無。
今夜知淸味、　　　還須戒酒徒。

■

1) 왕휘지가 대나무를 차군(此君)이라 부른 뒤에 대나무의 별칭이 되었는데,
　소식(蘇軾)의 시 〈녹균헌(綠筠軒)〉에 "밥에 고기가 없을 수는 있지만, 거
　처하는 곳에 대나무가 없어선 안 되지. 고기가 없으면 사람을 여위게 하
　지만, 대나무가 없으면 사람을 속되게 하네.〔可使食無肉 不可居無竹 無肉
　令人瘦 無竹令人俗〕" 하였다. 이제 술을 깨고 보니 이행이 어제 나의 집에
　서 대나무만 시름겹게 바라보았으리라 짐작한 구절이기도 하고, 지금 시
　름겹게 바라보리라 짐작하는 뜻이기도 하다.
2) 이행이 이 무렵 안질(眼疾)이 있어 술을 끊고 지냈기에, '오늘 밤에는 나
　도 술을 마시지 않을 터이니, 술을 끊은 자네 같은 벗이 와야 할 것이다.'
　하며 초대한 것이다.

연경에 사신으로 가는 택지를 보내며
送擇之朝燕

1.

적막한 용만에 예전 한림[1]이
지금은 어부나 목동과 어울려 지내겠지.
어느덧 그곳에서 삼 년을 보냈으니
송구영신 새해의 감회를 견디지 못하리라.

寂寞龍灣舊翰林。　　只今漁牧與相參。
星霜一臥看三變、　　送故迎新已不堪。[2]

■
1) 당시 정순부(鄭淳夫)가 의주(義州)에 귀양 가 있었다.(원주)
2) 이 시는 정희량의 문집인《허암선생유집》권1에도 같은 제목으로 실려 있
   다. 4구의 고(故)만 구(舊)로 되어 있지만, 같은 뜻이다. 정희량이 세상을
   떠난 뒤에 친구인 청해군(靑海君) 이우(李堣)가 용만(龍灣 의주)·분선
   (盆城 김해) 유배지에서 유고를 수집하여《허암선생유집》을 간행하였으
   므로, 정희량이 지은 시가《읍취헌유고》에 잘못 들어갔을 수도 있다. 정희
   량이 지은 시는 1수이고, 박은이 지은 시는 2수인데, 운은 다르다. 정희량
   이 의주에 들른 이행을 송별하는 시라면 "지내겠지"를 "지내네"로, "그곳
   에서"를 "이곳에서"로, "못하리라"를 "못하겠네"로 고치면 된다.

차일암에 놀면서

遊遮日巖

5.

성하는 것도 쇠하는 것도 모두가 한때
산마다 물마다 모두가 절로 기이해라.
시냇가 구름은 아득해 본래 무심하건만
지나가는 나그네 해마다 시를 남기네.

一盛一衰俱一時。　　千山千水自千奇。
溪雲漠漠本無與、　　過客年年空有詩。

벽에 적다

題壁

볼품없는 모습이 영락없는 늙은이라
십 년 전 농사짓던 때로 돌아왔구나.
예전 옥당의 벼슬아치라 부르지 말라
스님이 내 수염 당기도록 허락하리라.

潦倒眞成一老夫。　　　犁鉏返我十年初。
頭銜莫道玉堂舊、　　　要許野僧來挽鬚。

택지와 함께 만리뢰에서 만나기로 약속하고
約擇之同扣萬里瀨先簡一絶

흥 일어 집안에 들어앉아 있지 못하고
한가롭게 말 달리니 배 탄 듯해라.
갈 적엔 눈 맞고 올 적엔 달빛 밟으니
산음의 흥취[1]만이 맑은 건 아니구나.

興發不能深閉戶、　　　閑騎快馬似船行。
去時乘雪來乘月、　　　未覺山陰獨也淸。

■

1) 왕휘지가 산음에 살 때 한밤중에 눈이 내리자, 흥이 나서 섬계에 살던 친구 대안도를 찾아 나섰다. 배를 저어 그의 집까지 찾아갔지만 문 앞에 이르러 흥이 다하자, 그를 만나보지도 않고 되돌아왔다.

술 한 잔에 회포를 풀며

今日竟夕獨臥姆憐之覓酒以饋對之不勝悲感
輒書一絶以洩懷想擇之知我此時之情故書以
相示

평생 회포가 많아 술잔만 기울였는데
오늘은 술을 내오게 할 아내가 없구나.
어쩌다 한 잔 얻었지만 어찌 마시랴
술이 시름 잊는 물건1)이라고 말하지 말게.

平生懷抱秖傾酒。　　今日還無婦可謀。
偶對一盃那忍倒、　　莫言此物爲忘憂。

■

* 원제목이 무척 길다. 〈오늘 밤새도록 혼자 누워 있는데, 유모가 불쌍히 여
  겨 술을 구해 주었다. 이 술잔을 대했더니 슬픈 마음을 이길 수 없어, 문득
  절구 한 수를 지어 회포를 풀었다. 택지가 지금 이런 내 마음을 알겠기에,
  글을 써서 보여준다.〉
1) 도연명(陶淵明)의 〈잡시(雜詩)〉에 "가을 국화 고운 빛이 있기에 이슬 젖은
  꽃잎을 따노라. 이 꽃잎을 망울물에 띄워서 속세를 버린 나의 정을 더 멀
  게 하노라.[秋菊有佳色 裛露掇其英 汎此忘憂物 遠我遺世情]" 하였다.

오피궤를 용재에게 주며

以烏几遺容齋

용재의 서실 쓸쓸해 별 물건 없고
평생에 오로지 만 권 서책뿐.
혼자 오피궤[1]에 기대어 성현을 대하니
갠 날 바람결에 새 소리만 들리네.

容齋寥落無長物、　　唯有平生萬卷書。
獨倚烏皮對賢聖、　　晚風晴日鳥聲餘。

---

1) 오피(烏皮)로 만든 안석. 앉을 때에 기대어 몸을 편하게 한다.

배 안에서 신륵사를 바라보며

舟中望神勒寺

신륵사 있는 곳을 물었더니
곧바로 황려강[1] 쪽을 가리키네.
여울물 소리가 시 읊는 소리에 가까운데
산빛이 봉창[2]에 비치어 드네.
나는 듯한 노는 새보다 빠른데
빗긴 햇살이 다리 반쪽에 남았네
좋은 유람은 미리 약속하지 않는 법이니
이렇게 빼어난 경치를 예전에 보지 못했네.

借問神勒寺、　　直指黃驪江。
灘聲近詩詠、　　山色映蓬窓。
飛棹疾歸鳥、　　斜暉餘半杠。
奇遊元不約、　　勝絶舊無雙。

■
1) 여주(驪州)를 고려초에 황려현(黃驪縣)이라고 하였으므로, 여주를 지나가
   는 남한강의 상류를 황려강이라고 불렀다.
2) 거룻배에 만든 창문으로, 선창(船窓)과 같다.

행희 스님이 시를 청하기에

山人行熙自神勒寺同載到廣津上下舟向檜巖
臨別求詩書以與之

여러 사람 가운데 아는 얼굴 있네.
어젯밤 우연히 같은 배를 탔었지.
강호에 나와 함께 나그네 되니
잘난 이도 못난이도 모두 한 가질세.[1]
갈림길서 헤어지며 부질없이 말했지
가을이 되면 회암사에서 만나자고.
만났다 헤어지는 게 다 우스우니
긴 강물은 날마다 흘러간다네.

衆中聊識面、　　昨夜偶同舟。
湖海俱爲客、　　賢愚自一丘。
謾成岐路別、　　期我檜巖秋。
聚散堪餘笑、　　長江日日流。

■
* 원제목이 길다. 〈행희 스님이 신륵사에서부터 함께 배를 타고 광나루까지
이르렀다. 배에서 내려 회암사로 가려고 헤어지면서 시를 부탁하기에, 써
서 준다.〉
1) 《한서(漢書)》 〈양운전(楊惲傳)〉에 "고금 사람이 마치 한 언덕의 오소리와
같다.〔古與今如一丘之貉〕"라고 하였고, 소식(蘇軾)의 〈과령(過嶺)〉 시에
"평생에 토끼의 세 굴은 만들지 못했지만, 고금이 다같이 한 언덕 오소리
와 어찌 다르랴.〔平生不作兎三窟 古今何殊貉一丘〕"라고 하였다. 원문의 일
구(一丘)는 고금(古今)·귀천(貴賤)을 막론하고 모든 사람이 한 무리로서
차별이 없음을 뜻한다.

택지가 밤 늦게 찾아들어

六月十八夜與擇之善之宿興天寺擇之入夜乃
赴蓋以官事自漢江來也

3.

한밤중 다급하게 문 두드리며
손님이 총총히 찾아들었네.
한강의 비를 가득 맞은 채로
남산 바람까지 소매에 가득 찼어라.
아름다운 기약을 그르칠까 걱정했더니
한 자리에 모여 함께 웃음 나누게 됐네.
이런 놀이야 한껏 즐겨야겠지만
술단지 빌까봐 그것만이 두려워라.

敲門夜政急、　　有客來怱怱。
却帶漢江雨、　　滿袖南山風。
久訝佳期誤、　　悠然一笑同。
玆遊無不遂、　　但恐酒尊空。

---

* 원제목이 길다. 〈유월 18일 밤에 택지·선지와 함께 홍천사에서 잤다. 택
  지는 밤 늦게야 찾아왔는데, 관청의 일 때문에 한강에서 왔다.〉

문 닫고 앉아서

既無馬又無酒有興不乘秪深閉耳擇之能成我
興耶蠶頭雖未尋欲一踏漢水也

할 일 없어 해 더욱 길고
잠 못 이뤄 시름겨운 밤 더욱 길어라.
요즘 들어 더더욱 적막해져서
명승지 놀러가자 부르는 데도 없네.
눈 덮인 땅바닥 희기만 하고
강가의 빈 하늘은 고요키만 한데,
예전의 놀이 벌써 오래 되어
오늘 아침엔 흥이 높이 이네.

無事覺日永、　　不眠愁夜遙。
邇來殊寂寞、　　勝處廢招邀。
雪積大地白、　　江空天宇寥。
曾遊已疇昔、　　高興發今朝。

■

* 원제목이 길다. 〈이젠 말도 없고 게다가 술도 없어, 흥이 일어도 즐기지
못하고 문을 닫은 채 깊이 들어앉아 있었다. 택지는 내 흥을 이루어줄 수
있을는지. 잠두(남산)야 오르지 못하더라도 한강 가를 한번 밟아보고 싶
다.〉이 제목은 박은이 이행에게 불러 달라고 청하는 편지이기도 하다.

만리뢰에서
萬里瀨

1.

대은암1) 앞에 눈 쌓여
봄 되자 또 하나의 절경일세.
우연히 맑은 흥 일어 찾긴 했지만
주인과 약속한 건 아니라네.
홀로 서 있자 새 가까이 날며 울고
길게 시 읊조려도 붓 들긴 더딘데,
내 멋대로 해도 그대 집에선 받아 주겠지만
세상 사람들 놀랄까 두려워라.

大隱巖前雪、　　春來又一奇。
偶因淸興出、　　不與主人期。
獨立鳴禽近、　　長吟下筆遲。
君家容放曠、　　却恐駭今時。

■

1) 남곤의 집 뒤에 큰 바위가 있었는데도 주인이 모른다고, 남곤이 '대은암'
이라 이름 지어 놀렸다.

혼자 앉아서

獨坐益使懷惡速來同此一觴雖無俸一觴可供

풍진 세상 속에 섞여 살며
애오라지 시와 술 가지고 다투었네.
술에 취하자 흥취 더욱 어우러져
기이한 구절 사람을 놀라게 하네.
눈 녹자 온 산은 푸르러지고
빈 난간엔 달만 혼자 밝은데,
이 그윽한 회포를 그 누가 말해 주랴
베개 높이고 차가운 종소리를 듣는다네.

且與風塵混、　　聊將詩酒爭。
醉來唯興適、　　奇處要人驚。
雪盡山凝碧、　　軒空月獨明。
幽懷誰說似、　　高枕聽寒更。

■
* 원 제목이 긴데, 친구에게 보내는 편지 투이다. 〈홀로 앉았노라니 마음 더
욱 울적하오. 빨리 여기로 와서 함께 술잔을 듭시다. 별로 대접할 것은 없
으나 한 잔 술은 드릴 수 있소.〉

어제 직경을 방문하고 돌아와 율시 한 수로 회포를 서술하다

昨訪直卿還敍懷一律

이 노인 돌보는 이 아무도 없어
여지껏 병석에서 시달린다네.
반년을 누워서만 보냈다니
바싹 여윈 그 모습 놀라워라.
뵙기 전엔 부질없이 걱정했건만
만나뵈자 눈동자 아직도 또렷해라.
마음을 논하며 한 잔 술 마시고
밤 이슥해서야 돌아왔네.

此老無人愛、	身猶與病爭。
半年渾得臥、	瘦骨儘堪驚。
未見空愁思、	相逢尙眼明。
論心一盃酒、	歸路欲嚴更。

■

* 직경(直卿)은 홍언충(洪彦忠 1473-1508)의 자로, 호는 우암(寓庵), 본관
은 부계(缶溪)이다. 예서(隸書)를 잘 썼으며 문장이 뛰어나, 정희량(鄭希
良)·이행(李荇)·박은(朴誾)과 함께 사걸(四傑)로 불렸다.

새벽에 바라보며

曉望

새벽녘에 내다보니 별빛은 바다에 드리웠고,
다락이 높직해서 추위가 몸속으로 스며드네.
이 몸 밖에는 하늘과 땅이 가득했는데,
북과 나팔 소리가 앉은 자리에 자주 와닿네.
먼 산은 안개처럼 앞에 어렴풋한데,
새 소릴 듣고서야 벌써 봄인 줄 알았네.
숙취야 절로 풀리겠지만,
시 짓고 싶은 흥취가 또 일어나네.

曉望星垂海、　　樓高寒襲人。
乾坤身外大、　　鼓角坐來頻。
遠岫看如霧、　　喧禽覺已春。
宿酲應自解、　　詩興謾相因。

새벽에 일어나 앉아

曉坐

나그네 시름은 많기도 하고
봄날 밤은 길기도 해라.
게다가 벽 비출 등불마저 없으니
어찌 꿈속에선들 고향 갈 수 있으랴.
누구를 기다리듯 눈도 못 붙이고
부질없이 한밤을 지새우는데,
새벽 닭 소리 참으로 내 마음 달래며
세 번이나 깊고 높게 울어대누나.

客裏多愁思、　　春宵亦若長。
更無燈照壁、　　豈有夢歸鄕。
忽忽如相待、　　漫漫自未央。
鷄聲眞慰我、　　三叫轉悠揚。

---

* 마음이 몹시 좋지 못하여 밤이 새도록 눈을 붙이지 못하였다. 답청(踏靑)
  하는 날 새벽이다. (자주自註)

두 포기 대나무 분재를 용재에게 보내며

以雙竹盆寄容齋

내 가진 두 포기 푸른 대나무를
그대의 집으로 보내겠소.
얕은 땅에다 뿌리를 맡겼지만
말없이 봄빛을 보내준다오.
나란히 섰으면서도 의지하는 마음 없고
구름도 찌를 기세 원대하다오.
귀찮겠지만 그대여, 다시금 보살펴서
눈서리나 맞지 않도록 지켜주구려.

我有雙竿碧、　　聊貽御史家。
託根從淺土、　　不語謝春華。
竝立心無附、　　干雲事尙賒。
煩公更扶護、　　莫使雪霜加。

몇 날 소식이 끊겼기에 택지에게

與君阻已數日百年事已可知也益無一懷須見
叔達道我意幸甚僕曾與相見煩未能出口吾計
益疏奈何奈何闓白擇之

영예와 벼슬에 연연하지도 않으니
내 누굴 위해 더 머무르랴.
노랫소리 끊이지 않는 사또가¹⁾ 되려 했건만
고향 돌아갈 생각만 나네.
세상 멀리해 문 앞엔 아무도 없고
하늘이 더불어 슬퍼하고 걱정하네.
한밤중 놀라서 외로운 꿈을 깨니
서늘한 바람이 벌써 가을에 들어섰네.

吾非戀榮宦、　　　借問爲誰留。
欲作絃歌宰、　　　聊爲歸去謀。
世應踈濩落、　　　天與足悲憂。
半夜驚孤夢、　　　涼風已入秋。

■

* 원 제목이 길다. 〈그대와 적조한 지 이미 며칠 되었소. 내 평생이 어떠할
  줄을 이미 알 만하니, 더욱 세상에 미련이 없소. 숙달(叔達)을 보거든 이
  러한 나의 뜻을 말해 주면 고맙겠소. 내가 그와 만났으나 번잡한 터라 미
  처 말을 꺼내지 못했소. 나의 계책이 꼼꼼하지 못하니, 어찌하겠소, 어찌
  하겠소. 은(闓)이 택지(擇之)에게 전하오.〉
  숙달(叔達)은 권민수(權敏手 1466-1517)의 자로, 호는 퇴재(退齋), 본관
  은 안동(安東)이다. 벼슬은 대사헌, 충청도 관찰사를 역임하였다.
1) 공자의 제자인 자유(子游)가 무성(武城)의 사또로 있으면서 정치를 잘해,
  풍류와 노랫소리가 끊어지지 않았다.

술 취해 돌아왔다가 택지의 편지를 받아보고

夜還被酒家僮進短簡乃擇之詩也伸紙一讀取
筆書數句戒家僮待明報之

세상 사는 게 마치 꿈 속 같아서
이 몸은 시름으로 늙어만 가네.
늘 취해 있기나 바랄 뿐이지
가는 세월은 물어서 무엇하랴.
등잔 불빛 적막한 곳에
경점소리[1] 낱낱이 들려오는데,
글벗의 시를 앞에 펼쳐놓고
한 번 읽을 때마다 한 번 서글퍼지네.

世應如夢裏、　　身欲老愁邊。
秪可謀長醉、　　何須問逝年。
燈火寥寥處、　　更籌箇箇傳。
故人詩在眼、　　一讀一凄然。

■

* 원제목이 무척 길다. 〈한밤중 술에 취해 돌아왔더니 사내종이 짧은 편지
를 바치는데, 바로 택지의 시였다. 종이를 펼쳐서 한 번 읽어보고는 붓을
들어 몇 구절 시를 쓴 뒤에, 사내종더러 날이 밝기를 기다렸다가 답장으
로 보내라고 시켰다.〉

1) 원문의 경주(更籌)는 옛날에 밤의 시간을 알리는 누수(漏水)의 죽첨(竹
籤)을 이르는데, 시각을 가리킨다. 당나라 왕유(王維)의 시 〈화가사인조조
대명궁지작(和賈舍人早朝大明宮之作)〉에 "붉은 모자 쓴 계인이 새벽 시각
을 알려오자, 상의원에서 바야흐로 취운구를 바치누나.[絳幘雞人送曉籌,
尚衣方進翠雲裘.]"라고 하였다. 《전당시(全唐詩)》권128

중양절 택지에게 편지를 보내며
九日簡擇之

지난 해 중양절에는
그대 혼자 중원[1]에 있었지.
인왕산에서 나도 혼자 술 마셨으니
그 누구와 더불어 회포를 털어 놓았으랴.
좋은 계절이 다시금 온 데다
예전 흥취도 그대로 있으니,
그대 손잡고 서교로 나가
국화 꽃잎을 술잔에 띄우고 싶어라.

前年重九日、　　君獨在中原。
把酒仁王後、　　憑誰懷抱論。
佳期今復至、　　舊興尙能存。
携子西郊外、　　黃花揷滿罇。

■
1) 중원은 충주(忠州)이다. (원주)

용재 선생께

僕世故多不快意雖有秋花未能解余懷對之秖
益自悲酒亦不可飮也故此奉投病眼尙一明如
君之亦覆觴何此花可謂厄耳闇白容齋先生

꽃을 보며 부질없이 탄식하네
술 있다지만 누굴 위해 데울까.
시인 집에 글 지어 보내는 거야
역리가 소식 전하는[1] 거나 마찬가지지.
시름은 오늘도 또한 그대로
술 마시며 지난해를 생각하네.
문 닫고 차가운 집에 누웠노라니
생애가 갈수록 쓸쓸하여라.

∎

* 원 제목이 길다. 〈나는 뜻에 맞지 않은 세상사가 많기에 가을 국화가 피었
어도 나의 회포를 풀 수가 없어, 이 꽃을 보고 있노라니 더욱 마음이 슬퍼
질 뿐이고 술도 마실 수 없소. 그래서 이 꽃을 보내 드리니, 보시면 병안
(病眼)이 혹 한 번 밝아질 듯도 하오. 그러나 그대가 술잔을 엎고 술을 끊
었음을 어이하리오. 이 꽃에겐 액운이라 할 만하오. 은(闇)이 용재(容齋)
선생께 전하오.〉

1) 남조(南朝) 송나라의 육개(陸凱)가 범엽(范曄)에게 매화 한 가지를 부치
면서, "매화를 꺾다 역사를 만났기에 농두 사는 그대에게 부치오. 강남에
는 아무것도 없어 애오라지 한 가지 봄을 보낸다오.(折梅逢驛使 寄與隴頭
人 江南無所有 聊贈一枝春)"라고 했는데, 벗을 그리워하는 마음으로 많이
쓰이는 표현이다.

對花空自歎、　有酒爲誰煎。
寄與詩人宅、　應同驛使傳。
愁懷謾今日、　細酌記前年。
獨閉寒齋臥、　生涯轉索然。

모두들 병을 앓고 있으니

直卿尙抱舊病擇之養眼不出文酒之會日益寥
落今朝對雪憂感忽至聊題五字一伸鄙懷奉贈
二君

친구들은 모두 병을 앓고 있으니
내 혼자 누구와 즐겁게 놀거나.
문 닫고 들어앉아 눈 내리는 소릴 듣다가
아이를 불러서 막걸리가 있나 물었네.
자유롭게 사는 내 모습, 사람들은 싫어하고
시를 짓는 내 버릇, 하늘도 또한 꺼린다네.
예나 이제나 모두들 이러하거니
이 티끌세상을 그 누가 벗어나랴.

故人多抱病、　　我獨與誰遨。
閉戶聽寒雪、　　呼兒問濁醪。
人猶嫌放達、　　天亦忌風騷。
今古渾如此、　　塵埃孰可逃。

■
* 원제목이 길다. 〈직경은 아직도 병에 걸려 있고 이행도 눈병을 치료하느
라고 나오지 않으므로, 시 짓고 술 마시는 모임이 날도 더욱 쓸쓸해진다.
오늘 아침 눈 내린 것을 보고는 걱정스런 마음이 갑자기 들기에 오언율시
를 지었다. 내 회포를 글로 펴서 두 분께 드린다.〉

성지(誠之)가 급제했다는 소식을 듣고
갑자년 윤달27일 우중(雨中)에
중열(仲說)이 술에 취해
동래(東萊) 유배지의 숙소에서 쓰다.

聞誠之得第甲子閏月廿七日雨中仲說被酒書
于東萊謫舍

1.

큰 그릇 이루어지는 것 늦지 않았으니
높은 재주의 운수 반드시 형통하리라.
응당 국가의 경사가 될 것이니
어찌 우리 집안만의 영광이랴.
예전의 꿈이 이제 징험되었으니[1]
시름 속에도 시 읊으며 실소하노라.
자네에게 가문의 일 부탁하노니
멀리 유배 온 것도 한탄하지 않으리.

大器成非晚、　　高才運必亨。
應爲公室慶、　　豈但我家榮。
昔夢知今驗、　　愁吟失笑聲。
憑君付門事、　　不恨作退萌。

■

* 성지(誠之)는 박은의 매서(妹婿)인 안처성(安處誠 1477-1517)의 자이
다. 호는 죽계(竹溪)이고 본관은 순흥(順興)이다.
1) 귀양 오던 중 "자네가 급제하는 꿈을 꾸었다."고 말했기 때문에 다섯째 구
(句)에서 언급한 것이다. (자주自註)

남곤에게

贈止亭

지난 세월 돌아보면 탄식만 나와
나나 드나 괴로움뿐일세.
가까운 벗들은 모두 멀리 귀양가고
알던 얼굴들도 가깝게 대해 주질 않네.
즐거운 일은 해마다 줄어들고
세상 돌아가는 건 나날이 새로워지는데,
요즘 들어 가을 술도 익었으니
그대를 불러다가 취하고 싶어라.

今古成嗟咄、　　行藏飽苦辛。
心知皆遠謫、　　面識少相親。
樂事年年減、　　塵機日日新。
邇來秋釀熟、　　邀醉止亭人。

■
* 《허암집(虛庵集)》에 나온다. (원주)

복령사

福靈寺

가람을 옛날 신라 때 창건했으니
천불이 모두 서쪽 인도에서 온 것일세.
옛날에 신인 대외(大隗)를 찾지 못하였으니[1]
지금의 이곳 복지가 천태산과[2] 흡사하구나.
봄 구름이 비 내릴 듯하니 새는 지저귀고
늙은 나무 정이 없건만 바람 스스로 슬프구나.[3]

■

* 《동국여지지》 권1 〈개성부(開城府)〉 복령사 조에 "송악(松嶽) 서쪽 기슭에 있는데, 위에 효성굴(曉星窟)이 있다."라 설명하고, 박은의 이 시를 소개하였다.

1) 황제(黃帝)가 대외(大隗)를 만나러 구자산(具茨山)으로 가는데, 방명(方明)이 수레를 몰고, 창우(昌寓)가 수레 우측에 타고, 장약(張若)과 습붕(謵朋)이 앞에서 말을 인도하고, 곤혼(昆閽)과 골계(滑稽)가 뒤에서 수레를 호위하여 가서 양성(襄城)의 들판에 이르자, 이 일곱 성인이 모두 길을 잃어 길을 물을 데가 없었다. 우연히 말을 먹이는 동자를 만나 물으니 길을 알려 주었다는 고사가 《장자(莊子)》 〈서무귀(徐无鬼)〉에 실려 있다. 여기서는 복령사를 찾기 어려움을 비유하였다.

2) 천태산(天台山)은 신선인 마고할미가 사는 곳이라 한다. 한나라 명제(明帝) 때에 유신(劉晨)이 완조(阮肇)와 함께 천태산에서 약을 캐다가 길을 잃고 선계(仙界)의 여인들을 만나 반년을 머물다가 집으로 돌아오니 이미 수백 년 세월이 흘러 자기 7대손이 살고 있어 다시 천태산으로 갔다 한다. 손작(孫綽)의 〈천태산부(天台山賦)〉에 "도사를 단구에 방문하여, 불사의 복지를 찾노라.[訪羽人於丹丘 尋不死之福庭]" 하였다.

3) 남지정(南止亭)은 일찍이 "김일손(金馹孫)의 글이나 박은(朴誾)의 시는 쉽게 얻어 볼 수 있는 것이 아니다"라고 했는데, 이 말은 참으로 옳다. 박은의 시는 비록 정성(正聲)은 아니나 엄진(嚴縝)하고 경한(勁悍)하다. (5-6구 줄임)와 같은 구절은 당의 섬려(纖麗)한 시풍만을 배운 자로는 어찌 감히 그 경지에 올라설 수 있으랴. -허균 《학산초담(鶴山樵談)》

만사는 한 번 웃음거리도 못 되니
청산도 오랜 세월에 먼지만 자욱하구나

伽藍却是新羅舊、　　千佛皆從西竺來。
終古神人迷大隗、　　至今福地似天台。
春陰欲雨鳥相語、　　老樹無情風自哀。
萬事不堪供一笑、　　靑山閱世只浮埃。

배 안에서 달을 바라보며

舟中對月

달을 바라보며 한가로이 옛 친구를 그리네.
한 잔 술에 적적하니 그 누구와 친하랴.
싸늘한 밤바람에 잠든 새도 놀라는데
저 넓은 강호에다 이 몸을 맡기려네.
건곤에는 잠깐 사이에 세월이 얼마나 흘렀나
티끌세상 돌아봐야 슬픔과 괴로움뿐일세.
고기잡이와 뱃사공은 관심도 없겠지만
저들의 천진한 마음을 나는 사랑하노라.

對月悠悠憶故人。　　一盃寂寂更誰親。
淒凉風露驚棲鳥、　　蒼莽江湖寄此身。
瞥眼乾坤幾今古、　　回頭塵土足悲辛。
漁人舟子都無管、　　我獨憐渠意甚眞。

순부의 죽음을 슬퍼하며

悼淳夫

반세상도 미처 못 살고 인간을 떠났으니
젊어서 신선 못 배운 걸 뉘우치네.
거문고 줄 적적하니 누굴 위해 끊었나.[1]
꾀꼬리는 우짖으며 자주 옮겨다니네.[2]
다시는 주로(酒壚) 지나며[3] 술잔 잡을 일 없으니
손님 마주하고 새 시편을 어이 읊으랴.

---

* 순부는 박은이 가깝게 지냈던 정희량(鄭希良, 1469~?)의 자이고, 호는 허
  암(虛庵)이다. 1495년 문과에 급제하여 한림이 되었다가 소장을 지은 문
  제로 귀양갔다. 1497년 예문과 대교에 보직되어 "임금이 마음을 바로 잡
  고, 경연(經筵)에 근면하며, 간언(諫言)을 받아들일 것. 현사(賢邪)를 분별
  하며, 대신을 공경스럽게 대하고, 환관을 억제할 것. 학교를 숭상하고, 이
  단을 물리치며, 상벌을 공정히 하고, 재물 사용을 절제할 것" 등을 상소하
  였다. 1498년(연산군 4년) 무오사화 때에 난언(亂言)을 범하고 난을 고
  하지 않았다는 혐의를 받고 의주에 귀양갔다가, 김해에 옮겨진 뒤 사면되
  었다. 모친상을 당하고 개풍군 풍덕에서 3년상을 지내다가, 산책을 나간
  뒤에 다시는 돌아오지 않았다. 성질이 강건하고, 시와 문장을 잘 지었다.
  음양학에 밝았고, 부귀 영달에는 마음이 없었다.
1) 자기의 마음을 알아주던 종자기(鍾子期)가 죽자, 백아(伯牙)가 자기의 곡
   을 알아주는 사람이 없게 되었다면서 거문고 줄을 끊어 버렸다.
2) 《시경》〈벌목(伐木)〉 장에 "쩌렁쩌렁 나무를 찍으니/ 꾀꼴새 우짖으며/ 그
   윽한 골짜기에서 나와/ 커다란 나무로 옮겨가네"라는 구절이 있다. 이 시
   에선 친구를 찾아 돌아다닌다는 뜻으로 쓰였다.
3) 진(晉)나라 때 죽림칠현(竹林七賢)의 한 사람인 왕융(王戎)이 상서령(尙
   書令)이 되어서 황공주로(黃公酒壚) 앞을 지나다가 뒤에 오는 수레에

밤 들며 비바람 불어 시름이 더하자
지난날 서호에서 취해 넘어지던 일 생각나라.

半世已能了人事、	早年悔不學神仙。
朱絃寂寂爲誰絶、	黃鳥嚶嚶空屢遷。
無復經壚把盃酒、	更堪對客誦新篇。
夜來風雨添愁思、	尚憶西湖舊日顚。

■

탄 사람을 돌아보면서 말하였다. "내가 옛날에 혜강(嵇康)·완적(阮籍)
등과 함께 이 주점에서 술을 마시면서 죽림(竹林)의 모임에도 참여했었
다. 혜강과 완적이 세상을 떠난 후로 나는 속무(俗務)에 몸이 묶여 지냈던
터라, 오늘 이곳을 보니 거리는 비록 가까우나 산하가 가로놓인 듯 아득
하게 느껴진다."《세설신어(世說新語)》〈상서(傷逝)〉

먼지 낀 술잔을 씻으며

亂簡中偶見翠軒餞李永元聯句一篇讀之深起
感焉吾輩近日過從太疏豈此子不在故歟索酒
高吟用原韻

그윽한 흥취 일면 어쩔 수 없어
오늘 아침엔 먼지 낀 술잔을 씻었네.
섣달그믐 눈길엔 발자취도 끊어지고
온종일 사립문은 저절로 여닫히네.
가까운 곳 친구도 만나기 어려우니
호남 먼 길 나그네는 언제나 오려는지.
생애가 적막한들 그 누가 알아주랴
빠른 세월 부대끼며 늙어만 가네.

幽興發時禁不得、　　今朝聊爲洗塵盃。
窮年雪逕無蹤跡、　　終日風扉自闔開。
咫尺故人難數面、　　湖南遠客幾時來。
生涯索莫誰料理、　　更耐流光與老催。

■
* 원 제목이 길다. 〈어지러운 편지 가운데 읍취헌에서 이영원(李永元)을 전
  별하며 지은 연구(聯句) 한 편을 우연히 발견하여 읽어 보니 깊은 감회가
  일었다. 우리들이 요즘 서로 만나는 일이 매우 드문 것은 이 사람이 없기
  때문이 아닐까. 술을 가져오게 하여 마시고 높은 소리로 읊조렸다. 원운
  (原韻)을 그대로 사용하였다.〉

밤중에 누워서 시를 외다가

夜臥誦曾來鳴字韻詩有感因和之聊付書以寄

베개 밑에서 시구를 얻어 읊조리노라니
여윈 말은 마굿간에 엎드려 길게 우네.
밤 깊자 초승달이 그림자 지고
산 고요해서 찬 소나무까지 절로 울어라.
늙은 여종은 재를 헤쳐 불을 밝히고
아내는 잔 들어 '그대'를 부르며[1] 술을 권하네.
취해 오기에 이불 덮고 누웠더니
가슴속 불평이 나도 모르게 스러졌네.

枕上得詩吟不輟、　　　羸驂伏櫪更長鳴。
夜深纖月初生影、　　　山靜寒松自作聲。
老婢撥灰明兀兀、　　　孺人把酒勸卿卿。
醉來捉被還高臥、　　　未覺胸中有不平。

■

* 원제목이 길다 〈밤중에 누워서 이전에 보내왔던 '명'자 운의 시를 외다가
　느낌이 있어 화답하고는, 곧 써서 보내었다.〉
1) 진나라 왕안풍의 아내가 남편을 보고 늘 '그대(卿)'라고 불렀다. 왕안풍이
　아내에게 "그대가 어찌 나더러 그대라 부르는가" 물었다. 그러자 아내가
　"그대를 친애하고 그대를 사랑하오. 그래서 그대더러 그대라고 부른다오.
　내가 그대더러 그대라고 부르지 않는다면, 누가 그대더러 그대라고 부르
　겠소"라고 대답하였다.

수영(水營) 뒤의 정자

營後亭子

계해년(1503) 2월에 내가 남쪽 고향으로 돌아가 외삼촌을 뵙고, 22일에 보령영(保寧營)에 이르러 10여 일 동안 머물면서 늘 산과 바다의 경치가 좋은 곳을 만나면 실컷 마시며 즐겼다. 술이 깨면 반드시 시를 지어 그 사실을 기록하였으나, 시를 지을 겨를이 없을 때도 있었으므로 이때 지은 시가 많지는 않다.

4.

땅은 파득파득 날아가려는 날개 같고
누각은 흔들흔들 매인 데 없는 배 같구나.
북쪽을 바라보니 운산은 어디가 끝인가
남쪽으로 와 띠처럼 두른 산세 이곳이 제일일세.

■

* 수영(水營) 뒤의 정자는 충청남도 보령(保寧)의 수영 안에 있는 영보정 (永保亭)이다. 《지봉유설》권13 〈문장부(文章部) 동시(東詩)〉에 "충청도 수영의 영보정은 제일가는 명승지이다. 예로부터 제영시(題詠詩)가 매 우 많은데, 유독 박은의 '땅은 파득파득 날아가려는 날개 같고, 누각은 흔들흔들 매지 않은 배 같도다.〔地如拍拍將飛翼, 樓似搖搖不繫蓬.〕'라는 일 련(一聯)이 으뜸으로 회자된다. 나도 '상하의 추색은 청동거울을 닦아 놓은 듯하고, 동서의 달빛은 백옥쟁반이 떠있는 듯하다.〔秋色磨靑銅上下, 夜光浮白玉西東.〕'라는 일련을 지었는데, 참으로 이른바 '무염을 화장시 켜서 서시 앞에 내세운다.〔刻畫無鹽, 唐突西施.〕'는 격이라 하겠다."라고 하였다. 이수광이 박은의 시를 미녀 서시에, 자신의 시를 추녀 무염에 비유하였다.

바다 기운은 안개가 되고 이어서 비를 뿌리며
물결 형세는 하늘에 닿고 절로 바람을 일으키네.
어둑한 중에서 마치 새 우는 소리 들리는 듯
앉았노라니 몸도 경계도 모두 공함을 깨닫겠구나.

地如拍拍將飛翼、　　樓似搖搖不繫篷。
北望雲山欲何極、　　南來襟帶此爲雄。
海氛作霧因成雨、　　浪勢飜天自起風。
暝裏如聞鳥相叫、　　坐間渾覺境俱空。

이원영의 시와 같은 운으로 읊어서 호남으로 내려가는 죽서주인*을 송별하며

同李永元韻送竹墅主人下南

호남땅 일천 이랑 만석꾼 그대
배불리 먹고 누운 봄 소는 밭을 갈고 싶으리.
돌아가는 새 보고 갑자기 고향생각 나
새벽 구름처럼 가볍게 보따릴 꾸렸네그려.
대숲은 섣달 지내고도 별 탈이 없을 게고
산빛은 다정히 그댈 맞겠지.
달밤에 문 두드리고 동네 늙은이들 찾아오면
청주 탁주 가득 마시며 맘껏 즐기게나.

湖南千畝萬鍾卿。　　飽臥春牛政欲耕。
鄕思忽生歸鳥外、　　行裝自與曉雲輕。
竹林過臘猶無恙、　　山色迎人大有情。
夜月敲門來父老、　　滿瓶淸濁更縱橫。

■
　* 죽서부인은 이영원(李永元)의 호이다.

이행 시선

李荇 詩選

늙은 말
老馬

젊어선 하루에 천리를 달리던 그 모습 아직 살아 있어,
이젠 늙은 기운에도 멍에를 뒤엎을 듯해라.
길에 올라서 한 번 거세게 소리를 쳐보는 뜻이
세상 사람들에게 높은 값을 받으려 함은 아닐 테지.

少年千里姿。　　老氣猶惡駕。
臨路更一鳴、　　非緣取高價.

* 원 제목은 〈대관자의 시에 차운하다[次大觀子]〉인데, 제1수가 이 시이다.
　"(대관자는) 심의(沈義)이다."라는 주가 달려 있다.

벗에게 답하다
答友人

1.

자네는 구존하신 부모님 모두 모시고 살아
색동옷이 아롱다롱 빛나건만,[1]
나는 부모님 무덤가에서 늙으며
슬프고 슬픈 육아의 노래 부른다네.[2]

君趨具慶堂。　　彩服爛生光。
我老松梓傍、　　哀哀蓼莪章。

---

1)《북당서초(北堂書鈔)》권129에〈효자전(孝子傳)〉을 인용하여, "노래자(老
  萊子)는 나이가 70이 되었는데 부모가 아직 살아계셔서 항상 색동옷을
  입고 어린아이의 놀이를 하며 부모를 기쁘게 해드렸다.〔老萊子年七十 父
  母尙在 因常服斑衣 爲嬰兒戲以娛父母〕"라고 하였다.
2) 왕부(王裒)가 제자들에게《시경》을 가르칠 적에〈육아(蓼莪)〉의 "슬프고
  슬프다 우리 부모여, 나를 낳아 기르느라 얼마나 애쓰셨나.〔哀哀父母 生我
  劬勞〕"라는 구절을 볼 때마다 눈물을 흘리지 않은 적이 없었으므로, 수업
  을 받는 문인들이 모두〈육아〉는 생략하고 배우지 않았다.《진서(晉書)》
  권88〈효우열전(孝友列傳) 왕부(王裒)〉

상강 대숲 그림에다
題畫 三首

2.

부슬부슬 상강에 비 내려
얼룩무늬 대나무[1] 숲이 어렴풋해라.
이 가운데 그리기 어려운 것은
물에 빠져 죽던 그날의 두 왕비 마음일레.

淅瀝湘江雨、　　依俙斑竹林。
此間難寫得、　　當日二妃心。

■

1) 요임금이 순임금에게 자기의 두 딸 아황과 여영을 시집보냈다. 이 두 왕비
는 순임금과 사이좋게 지냈는데, 순임금이 지방을 순행하다가 창오산에
서 죽었다. 아황과 여영 두 왕비가 순임금을 찾으러 상강까지 갔는데, 그
때 흘린 피눈물로 대나무가 얼룩졌다고 한다. 아황과 여영도 순임금을 뒤
따라 상강에 빠져 죽어 상강의 수신(水神)이 되었다고 한다.

아우 채지(采之)의 집 벽에 적다

書舍弟采之壁上 二首

1.

산기슭에 집터를 잡고도
산을 보는 것만으론 오히려 부족했구나.
그림 속에다 다시 집을 옮기고
밤마다 부지런히 촛불 밝혀 놀다니.[1]

卜宅在山麓。	看山猶未足。
更移畫圖間、	夜夜勤秉燭。

■

* 채지는 막내동생 이미(李薇)의 자인데, 형조판서와 지중추부사를 역임하였다.
1) 이백(李白)의 〈춘야연도리원서(春夜宴桃李園序)〉에 "옛사람들이 촛불 잡고 밤에도 놀았던 것이 참으로 까닭이 있었도다.〔古人秉燭夜遊 良有以也〕"라고 하였다.

2.

촛불 밝히면 우선 산을 보게나.
촛불 밝히고 술을 마시진 말게나.
술을 좋아하면 광자의 무리요
산을 좋아하면 인자라 오래 산다네.[2]

秉燭且看山、　　秉燭莫飮酒。
愛酒狂者徒、　　樂山仁者壽。

---

2)《논어(論語)》〈옹야(雍也)〉에 "지자(智者)는 물을 좋아하고 인자(仁者)는
　 산을 좋아하니, 지자는 동적(動的)이고 인자는 정적(靜的)이며, 지자는 낙
　 천적이고 인자는 장수한다." 하였다.

늙은 말을 망아지로 바꾸면서

老馬換駒 二首

1.

십 년 동안 이 말 타고 험한 길 다녔는데
오늘 모습을 보니 기운이 아직도 거세구나.
옛것 싫어하고 새것 좋아하는 게 세태인지라
이 늙은이도 부끄럽게 그런 마음 전혀 없진 않구나.

十年騎此了崎嶇。　　今日相看氣尙麤。
厭故好新人世態、　　老夫端愧未全無。

2.

가운데 뜰로 끌어내자 그래도 한 번 우는데
주인의 치아 머리털도 놀랄 만큼 쇠했구나.
늘그막에 발 디딜 땅 아무데도 없으니
태평한 시대 재주와 명예는 후생들 차지일세.

牽出中庭尙一鳴。　　主人齒髮亦堪驚。
暮年容足渾無地、　　平世才名屬後生。

■

* 평소 타고 다니는 말이 남들은 타지 못할 정도로 노쇠하여도 공은 개의치
않고 그 말이 죽은 뒤에야 다른 말로 바꾸었다. 주세붕 〈대광보국숭록대
부 의정부좌의정 겸 영경연사 감춘추관사 홍문관대제학 예문관대제학 지
성균관사 세자부 이공(李公) 행장(行狀)〉

청학동[1] 뒷고개에 올라

登靑鶴洞後嶺

1.

천 년 전 청학이 떠나간 뒤 자취도 없건만
오늘 우리들은 한꺼번에 취했네.
누가 알랴 이 산속 밤중에 내리는 비가
진달래꽃 떨기를 온전히 보살펴 주는 줄을.

■
1) 공이 일찍이 남산(南山)의 청학동(靑鶴洞)에 작은 서재를 열고, 또 자호를 청학도인(靑鶴道人)이라 하였다. 서재로 난 길의 양쪽에 소나무, 회나무, 복숭아나무, 버드나무를 심어 놓았는데, 공이 조정에서 퇴근하여 지팡이를 끌고 소요하면 그 모습이 조촐해 마치 야인(野人)과도 같았다.
하루는 날이 어두울 무렵 녹사(錄事)가 공무상 보고하러 공을 찾아가는데, 한 사람이 나막신을 신고 거친 베옷을 입고 작은 동자를 데리고서 동문(洞門)을 나오고 있었다. 녹사가 말을 타고 지나가다가, "정승께서는 계시는가?" 하고 묻자, 공이 천천히 돌아보면서 "공무상 보고하러 왔는가? 내가 여기 와 있다네." 하니, 녹사가 놀라 자기도 모르게 말에서 떨어졌다. 그 충후(忠厚)하고 소박함이 대개 이와 같았다. 주세붕 〈이공 행장〉
성현이 지은 《용재총화》 권1에 "한양도성 안에 좋은 경치가 적기는 하나 그 중에서 놀 만한 곳으로는 삼청동(三淸洞)이 가장 좋고, 인왕동(仁王洞)이 다음이며, 쌍계동(雙溪洞)·백운동(白雲洞)·청학동(靑鶴洞)이 또 그 다음이다." 하였다.
서울시 중구 필동 골짜기 둔덕 바위에 '청학동이상국용재서사유지(靑鶴洞李相國容齋書舍遺址)'라 새긴 바위글씨가 있는데 이곳이 청학도인 이행의 집터이다. 이행이 거닐던 동산 기슭에 지금은 남산한옥마을이 들어서 있다.

千年靑鶴去無蹤。　　　今日吾儕一醉同。
誰識山中夜來雨、　　　十分調護杜鵑叢。

2.

산에 오르고 시냇물 대하는 게 꼭 가을일 필요는 없어.
짙푸른 잎사귀 시든 꽃에 도리어 시름 느끼네.
때때로 청학을 따라 취할 수만 있다면,
인간세상 바로 이곳이 또한 양주[2]라네.

登山臨水不須秋。　　　暗綠殘紅轉覺愁。
若使時從靑鶴醉、　　　人間是處亦楊州。

■
2) 양주는 중국의 번화한 고을이다. 옛날 몇 사람이 모여 각기 자기의 소원을
　 말하였는데, 한 사람은 '양주 자사가 되고 싶다' 하였고, 또 한 사람은 '재
　 물을 많이 모으고 싶다' 하였으며, 다른 한 사람은 '학을 타고 하늘에 올
　 라가고 싶다' 하였다. 그러자 또 다른 사람이 '십만 관의 돈을 허리에 두
　 르고 학 위에 올라타 양주로 가고 싶다' 하였다.

병풍 그림에 쓰인 박은의 시 뒤에다
書仲說題畫屏詩後

낡은 종이에 아직도 먹자국이 짙게 배었건만,
청산 어디에서도 그대 혼을 부를 곳이 없어라.
백년 적막한 가운데 흰 머리까지 뒤섞여,
비바람 치는 빈 집에 혼자 문 닫고 지내네.

古紙淋漓寶墨痕。　　靑山無處可招魂。
百年寂寞頭渾白、　　風雨空齋獨掩門。

93

사월 이십육일 동궁의
이어소(移御所) 직사(直舍)의 벽에 적다
四月二十六日書于東宮移御所直舍壁

노년에도 분주하다 보니 병이 기약한 듯 찾아왔네.
봄날의 흥취까지 적어 시도 지어지지 않는구나.
자다 일어나 보니, 놀랍게도 꽃 피는 철이 다 지났구나.
한줄기 가랑비에 장미꽃이 지는구나.

衰年奔走病如期。　　春興無多不到詩。
睡起忽驚花事了、　　一番微雨落薔薇。

---

* 이어소(移御所)는 임금이 자리를 옮겨서 거처하는 곳이다.

이십구일에 다시 숙직하다 느낌이 있어 앞 시의 운을 써서 짓다
二十九日再直有感用前韻

태평시대 공명을 감히 스스로 기약했건만
지금에 와선 도리어 벌단시[1]에 부끄러워라.
청산이 가까이 있건만 돌아갈 길이 없어,
고사리와 고비가 잘 자라도록 봄바람에 맡길 뿐이네.

平世功名敢自期。　　只今還愧伐檀詩。
靑山咫尺無歸路.　　一任東風老蕨薇。

---

1) 《시경》 〈위풍(魏風)〉의 편명. 아무런 공도 없이 녹을 받으며 높은 자리에
   있는 관리를 풍자한 시이다.

국화

菊

군군하게 한평생 세속을 벗어났으니
어찌 여느 꽃들 따라 봄빛을 다투랴.
십 년 초췌했던 〈이소경〉 나그네에다
속세를 피해 전원에서 절개 지켰던 시인도 있었지.[1]
너를 대해 가을 저문 것을 문득 놀라다가
바람결에 향기 맡을수록 흰 머리 새로워라.
눈 맞고 서리 맞아 다 진다 하더라도
하늘 손길이 공평치 않다고 원망하진 말게.

耿介平生自出塵。　　肯隨凡卉與爭春。
十年憔悴離騷客、　　晩卽田園避俗人。
對汝更驚秋日暮、　　臨風三嗅白頭新。
從敎霜雪凋零盡、　　莫向天工怨不均。

1) 〈이소〉를 지은 굴원이나 속세를 피해 살았던 도연명이나 모두 고결한 꽃
국화를 좋아하여 시에서 자주 노래하였다.

침류당에서
枕流堂 三首

1.

세속을 벗어난 주인이라 남는 물건[1]은 없으니
달빛은 맑은 강에 가득하고 바람은 집에 가득해라.
반평생 높은 벼슬 참으로 꿈 같으니
한 더미 꽃과 버들에 몸을 숨길 만하네.
한가하면 붓 들어 창호지에 시를 쓰고
흥겨우면 낚싯대 들고 낚싯배에 오르네.
날마다 술 마시고는 취해서 거꾸러지니
천고에 길이 만랑[2]의 풍류를 이야기하리.

■

1) 진(晉)나라 왕공(王恭)이 아버지를 따라 회계(會稽)에서 서울로 왔을 때 친한 벗 왕침(王忱)이 그를 찾아갔다가 그가 깔고 앉은 6자 너비의 대자리를 보고는 달라고 하였다. 왕공은 그가 떠난 뒤에 즉시 대자리를 보내주고 자신은 언치를 깔고 앉았다. 뒤에 왕침이 이를 알고 매우 놀라자 왕공이 "나는 평소에 남는 물건이 없다.[吾平生無長物]"라고 하였다.《진서(晉書)》권84〈왕공열전(王恭列傳)〉

2) 당나라 안진경(顔眞卿)의〈용주도독겸어사중승본관경략사원군표묘비명(容州都督兼御史中丞本管經略使元君表墓碑銘)〉에 "원결(元結)이 양수(瀁水) 가에 살면서 자칭 낭사(浪士)라 하고《낭설(浪說)》7편을 지었다가, 뒤에 낭관(郎官)이 되자 당시 사람들이 낭자(浪者)도 부질없이[漫] 벼슬을 하는가?" 하였다. 낭자(浪子)가 부질없이 벼슬했으므로 '만랑(漫郎)'이라 불렸는데, 이 시에서는 평생 벼슬한 이행이 자신을 놀린 말이다.

97

丈人高臥無長物、　月滿淸江風滿堂。
半世簪纓眞夢幻、　一區花柳可迷藏。
閑餘索筆題窓紙、　興至持竿上釣航。
日日霑尊須醉倒、　風流千古說漫郎。

봄날의 시름은 봄풀 같아
感懷

흰 머리는 흰 눈이 아니니
어찌 봄바람에 없어지랴.
봄날의 시름 밤낮으로 생겨나
길에 무성한 봄풀 같아라.
동해에 되돌아오는 파도 없으며
서산에 지는 해가 다시 아침 되긴 어려워라.
커다란 운이 이와 같으니
어찌 노쇠하지 않을 수 있으랴.
삶이란 본래 담박한 것
바깥 사물이 번뇌를 일으키네.
어쩌다 지금 사람들은
자신의 보배를 보배로 여기지 않나.
거친 밥이 바로 금액[1]이고
누추한 골목이 바로 봉래산이니,
초연히 만세 안에 있으면
팽조의 장수도 요절로 내려본다네.[2]

■

1) 금장옥액(金醬玉液)으로, 금과 옥을 주초(朱草)에 녹여서 만든 도가의 선
   약(仙藥)이다.
2) 《장자》제물론(齊物論)에, "천하에 털끝보다 더 큰 것이 없을 수도 있고,
   태산이 아주 작은 것이 될 수도 있으며, 요절한 아이보다 더 장수한 자

白髮非白雪、　　　　豈爲東風滅。
春愁若春草、　　　　日夜生滿道。
東海無返波、　　　　西日難再早。
大運只如此、　　　　安得不衰老。
生也本澹泊、　　　　外物作煩惱。
奈何今之人、　　　　不自寶其寶。
簞食是金液、　　　　陋巷乃蓬島。
超然萬世內、　　　　下視彭鏗夭。

■

가 없을 수도 있고, 팽조가 요절했다고 할 수도 있다.[天下莫大於秋毫之末
而大山爲小 莫壽乎殤子 而彭祖爲夭]"하였다. 상자(殤子)는 20세 이전에
요절한 젊은이를 통틀어 말하고, 팽조(彭祖)는 800세를 살았다는 상고
(上古)의 선인(仙人)이다.

서로 돌아갈 것도 잊은 채

七月八日同叔達浩叔子美叔奮會適庵以結廬
在人境分韻得境字

돌벼랑 깊숙해 나그넬 머무르게 하고
바위틈 샘물 차가워 술을 권하네.
우연히 아름다운 약속 지켜
즐겁게 참된 경지를 깨닫네.
사람이 좋으면 추한 물건이 없고
땅이 아름다우면 놀라운 시구도 짓기 어려워라.
나무 끝에 상서로운 바람을 맞고
구름 밖에다 햇살을 잡아두었지.
경치를 즐기다 서로 돌아갈 것도 잊은 채
달을 기다리느라 이따금 목을 늘이네.

留客石屏深、　　勸酒巖泉冷。
偶爾了佳約、　　听然悟眞境。
人好物無醜、　　地勝語難警。
木末迓祥飇、　　雲外繫隆景。
遇賞互忘返、　　待月時引領。

■
* 원제목이 길다.〈7월 8일에 숙달·호숙·자미·숙분과 함께 적암에 모였
  다가 '결려재인경(結廬在人境)' 다섯 글자를 운으로 나누어 '경(境)'자를
  얻었다.〉

읍취헌이 유배 가면서 맡긴 매화 분재

盆梅本終南沈居士所種居士曾許虛庵先生而
先生適被禍遠流居士乃付先生之友挹翠軒伽耶
公今年春伽耶公有湖海之行屬之容齋枝幹盤
屈作橫斜之狀開花滿樹香甚淸烈眞一代奇物
也戊午春上盆至今年癸亥已經六花重九前三
日以詩還翠軒安善之嘗云此梅奇巧太過恐非
天眞故竝戱及之

거사의 손에 심어졌고
허암선생께 가지라 드렸었지.
마침내 읍취헌의 벗이 되었으니
절로 성색의 티끌은 없었구나.
남쪽 이웃이 너무나 진솔하여
너를 천진이 아니라 평하였지만,

■

* 원 제목이 무척 길다. 〈이 매화 분재는 본래 남산의 심거사(沈居士)가 심
은 것인데, 거사가 일찍이 허암(虛庵) 선생에게 주었고, 선생이 화를 입어
멀리 유배가게 되자 거사가 선생의 벗 읍취헌(挹翠軒) 가야공(伽耶公)에
게 주었었다. 올해 봄 가야공이 바닷가로 귀양을 떠나게 되어 이를 용재
(容齋)에게 맡겼는데, 가지와 줄기가 구부러져 들쭉날쭉 가로 비낀 형상
을 하였고 나무 가득 꽃이 피면 향기가 몹시 맑고 짙으니, 참으로 일대의
기이한 물건이라 하겠다. 무오년(1498) 봄에 화분에 심었고 올 계해년
(1503)에 이르기까지 이미 여섯 차례 꽃을 피웠으며, 중구절(重九節) 사
흘 전에 시를 지어 읍취헌에게 돌려주었다. 안선지(安善之)가 일찍이 이
르기를, "이 매화는 기교가 너무 지나치니 아마도 천진(天眞)은 아닌 듯하
다." 하였기에 아울러 희롱삼아 언급하였다.〉

오늘 저녁에 이 물건을 곁에 두니
작은 서재에 봄기운이 감도누나.

生從居士手、　　意許虛庵親。
竟作翠軒友、　　自無聲色塵。
南隣太坦率、　　評爾非天眞。
此物閼今夕、　　小齋曾一春。

우연히 지은 시

偶題

삶을 즐거움 많다고 말하지 말라
처음부터 죽음이 없는 것 아니라네.
죽은 자가 혹 썩지 않는다면
삶과 또한 무엇이 다르랴.
봄과 가을이 번갈아 바뀌며
화와 복도 서로 엎드려 의지하네.
아득히 넓은 하늘과 땅 사이
한밤중에 한 기운을 간직하노니,[1]
그가 어찌 나의 일에 관여하랴
나 스스로 넉넉함이 있어라.

■

1) 《맹자》〈공손추 상〉에서 "호연한 기운이 지극히 크고 지극히 강하니, 곧음을 가지고 잘 길러 해치지 않으면 이 호연지기가 천지의 사이에 가득 찬다.[其爲氣也 至大至剛 以直養而無害 則塞于天地之間]" 하였고, 〈고자 상(告子上)〉에서 "낮 동안 저지르는 이욕에 가득 찬 행위가 양심을 짓밟으니, 짓밟기를 반복하면 야기(夜氣)가 보존될 수 없다.[旦晝之所爲 有梏亡之矣 梏之反覆 則其夜氣不足以存]"라고 하였다. '야기(夜氣)'는 밤중의 맑은 기운으로, 양심이 이 기운을 빌려 발현된다.

莫謂生足樂、　未始不爲死。
死者或不朽、　與生亦何異。
春秋迭代謝、　禍福互伏倚。
浩然天地間、　中夜存一氣。
彼何預吾事、　我自有餘地。

평생의 실수를 뉘우치며

記悔

평생의 실수는 함부로 선비가 된 것
일찍이 농부 못 된 것을 이제사 후회하네.
헌 오막이라도 내 몸 받아들이기엔 넉넉하고
메마른 밭도 세금 바치기엔 넉넉하지.
산에는 명아주잎 콩잎, 못에는 줄풀이 있어
산 입에 거미줄 칠까[1] 걱정은 안 해도 되지.
한 백년 이렇게 살면 참으로 좋은 계책
세상 모든 일 걱정할 게 아니었지.
높은 벼슬 많은 녹봉이 즐거움을 주긴 했지만
영화와 행복 걱정과 우환은 늘 함께 있었지.
지나간 일 후회할 수도 없고 세월만 흘러가니
하늘 우러러 통곡해도 두 눈엔 눈물조차 메말랐네.

■

* 《용재집》 제5권 〈적거록(謫居錄)〉에 실린 시이니, 홍치(弘治) 갑자년
  (1504) 여름 4월, 충주(忠州)로 귀양 간 이후 지은 시이다.
1) 속담을 썼다. (원주)

平生失計漫爲儒。悔不早作農家夫。
弊廬足以容吾軀、薄田足以供官租。
山有藜藿澤有菰、有口不愁生蜘蝱。
百年如此眞良圖、世間萬事非所虞。
達官厚祿奉爾娛、榮幸自與憂患俱。
往不可悔歲月徂、仰天一哭雙眼枯。

멀리서 그리워하며
遠憶

두 아이를 멀리서 그리워하네
얼굴이 해맑게 아름다웠지.
작은 놈은 아직 젖도 안 떨어졌고
큰 놈도 혼자 옷을 입진 못했지.
너희들은 지금 어미 품에 있건만
나는 그리워 잊을 수가 없으니,
부모님이 나를 생각하시는 마음
그 절박함에야 어찌 비교할 수 있으랴.

遠憶兩兒子、　　眉目各淸揚。
小者未離乳、　　大者不勝裳。
汝今在母抱、　　我懷尙難忘。
爺孃念我心、　　迫切安可當。

나 스스로를 위로하며
自慰

가의는 〈복조부〉[1]를 읊었고
굴원은 〈어부사〉를 지었네.[2]
옛 현인들은 그런 신세 벗어나지 못했거든
지금 내 어찌 혼자 의아해 하랴.
감탄하여 앞당겨 앉게 하는[3] 날이 비록 늦어져도
떠돌며 읊조리는 신세를 슬퍼하진 마세.
당당한 한나라의 왕업
끝내 조금도 이지러지지 않았다네.

■

* 〈나 스스로를 위로하며〉부터는 《용재집》제5권 〈남천록(南遷錄)〉에 실린
  시들이니, 을축년(1505) 봄 정월, 함안(咸安)으로 배소(配所)를 옮긴 뒤
  에 지은 시이다.
1) 한나라 가의(賈誼)가 장사왕(長沙王) 태부(太傅)로 좌천되어 갈 때에, 자
   기의 불우한 신세를 슬퍼하여 지은 글이다.
2) 초나라 삼려대부(三閭大夫)였던 굴원이 너무나 청렴결백하였으므로, 모
   함을 받아 강가로 떠돌아다녔다. 그를 만난 어부가 그에게 세상에 순응해
   살라고 권하였지만 굴원은 그 권고를 거부하고 창랑지수(滄浪之水)의 노
   래를 불렀다.
3) 한나라 문제(文帝)가 가의를 불러들여서 만나보더니, 귀신의 근본에 대해
   서 물었다. 가의가 자세히 대답하였는데, 문제는 한밤이 되도록 그 이야
   기에 빠져서, 자기도 모르는 사이에 앞으로 다가앉으며 가의의 말을 들었
   다. -《한서(漢書)》〈가의전(賈誼傳)〉

太傅鵬鳥賦、　　三閭漁父詞。
昔賢猶不免、　　今我獨奚疑。
前席雖云晚、　　行吟莫自悲。
堂堂漢家業、　　不肯少微虧。

이야기를 듣고서
記事

아침엔 할아버지 울음소리가 들리더니
저녁엔 할머니 울음소리를 들었네.
그 울음소리 어찌나 마음 아프던지
내 얼굴까지도 찡그려지네.
"사내를 낳는 게 딸보다 못하고
딸을 낳아도 없는 것보단 못하다오.
장정들은 모조리 부역에 끌려간 데다
세금을 못 내서 소까지 팔았다오.
집안에 어린 딸 하나 있어
아침저녁으로 죽이나 끓여 줬는데,
이원에 제자[1]들이 그렇게도 많거든
가난한 집에서까지 끌어가야 하나요.
이젠 방 안에 베틀도 없으니
무엇으로 새 옷을 해 입히겠소.

■

1) 당나라 때에 현종이 설치하여, 나라에서 노래와 춤을 가르치던 곳이 이원
이다. 그곳에서 배우던 사람들을 제자라고 불렀는데, 대개 광대나 궁녀들
이었다. 이 시에선 연산군이 각 도에 채홍사(採紅使)·채청사(採靑使)를
파견하여 얼굴이 예쁜 여염집 여인들을 끌어간 사실을 고발한 것이다.

빨리 보내라고 독촉이 성화 같아
모진 관리들이 매질까지 해대니,
떠나가는 아이는 그날로 멀어질 테고
남아 있는 늙은이들이야 누가 돌보겠소.
가슴을 치며 하늘만 원망하니
우리들 죽음이 눈앞에 보인다오."

朝聞老翁啼、　　暮聽老嫗哭。
啼哭一何苦、　　惻惘額爲顧。
生男不如女、　　生女不如獨。
丁男盡徭役、　　結束賣牛犢。
室中有少女、　　朝夕具饘粥。
梨園弟子多、　　選纂至白屋。
四壁杼袖空、　　何以備新服。
督促勿稽留、　　惡使恣鞭扑。
去者當日遠、　　存者誰撫育。
拊膺呼蒼天、　　死亡今在目。

차가워졌다가는 또 뜨거워지네
感懷

어젯밤엔 달빛이 가득하더니
오늘밤엔 달빛이 이지러졌네.
하늘의 도(道)도 오히려 이와 같거든
사람의 일이야 말해 무엇하랴.
달은 이지러졌다가도 또 차는 법이건만
사람이 곤궁해지면 그 사정을 분별 못해.
어지러운 저 경박아들은
아침저녁으로 차가워졌다. 또 뜨거워지네.

昨夜月光滿、　　今夜月光缺。
天道尙乃爾、　　人事安足說。
月缺行且盈、　　人窮情不別。
紛紛輕薄兒、　　朝暮有冷熱。

혼자 술 마시며

獨酌有感

때때로 막걸리를 많이 마셔
굳센 창자에 하루 아홉 번이나 술이 돌았네.
도(道)는 이 세상에서 버려졌으니
나의 행적을 뒷사람이라도 슬퍼해 줄까나.
돌아가고픈 마음 방초를 보고 일어나
봄날의 시름을 지는 매화에 부쳐보네.
한평생 강호로 돌아가길 바랐으니
흰 머리 재촉을 받지나 말았으면.

薄酒時多酌、　　剛腸日九廻。
道爲當世棄、　　迹或後人哀。
歸興生芳草、　　春愁付落梅。
百年湖海願、　　莫受二毛催。

쥐가 밤낮으로 당돌하게 설치기에
덫을 놓아 잡아서 죽이다

有鼠日夜唐突設機獲而殺之

나는 굶주려도 먹을 음식 없는데
네가 내 양식을 갉아먹었구나.
나는 추워도 입을 옷이 없는데
네가 내 옷을 물어서 뚫었구나.
천지가 어찌 이리도 어질지 못한가
이러한 악물을 낳아 사람에게 재앙 끼치다니.
대낮에 멋대로 설치며 또한 몹시 영악해
고양이 있은들 어찌 감당하랴.
내가 참으로 몹시 미워하노니
너의 죄는 한 번 죽어도 갚지 못하리.
뒤도 돌아보지 않고 창자 가르고 뇌를 부수니
누가 다시 장탕처럼 옥사를 갖추랴.
오호라! 너희 족속들을 섬멸할 수 없으니
칼자루 잡고 일어나 앉아 눈물 흘리네.

我飢無食、　　　　汝耗我糧。
我寒無衣、　　　　汝穿我裳。
天地胡不仁、　　　產此惡物爲人殃。
白晝橫行示便黠、　縱有貓兒安敢當。
我實疾之甚、　　　汝罪一死亦莫償。
刳腸碎腦不旋踵、　誰復按具如張湯。
嗚呼未能殲汝類、　撫劍起坐涕淋浪。

시냇가에서 홀로 시를 읊다
溪上獨詠

마실 샘 있고 먹을 채소 있는 데다
동구 밖이 막혔으니 여기가 선계일세.
늙은 소나무가 해를 가리니 눕기 더욱 좋아라
가는 풀은 융단 같아 호미질도 필요 없어라.
홀로 석창포 냄새 맡고 대를 완상하며
고요히 산새 소릴 듣다가 물고기도 바라보네.
한평생 얻고 잃는 게 모두 아이들 장난 같아
유유히 웃어넘기곤 묻지를 않으려네.

飮有淸泉食有蔬。　　洞門重鎖是仙居。
古松障日何妨偃、　　細草如氈不遣鋤。
獨嗅石蒲兼賞竹、　　靜聽山鳥更觀魚。
百年得失眞兒戲、　　一笑悠悠莫問渠。

■
* 이 시부터는 《용재집》 제6권 〈해도록(海島錄)〉에 실린 시들이니, 정덕
　(正德) 병인년(1506) 봄 2월, 거제도(巨濟島)로 귀양 간 이후 지은 시
　이다.

술에 취해서
醉後

2.
굴원은 강가를 헤매며
혼자 술에서 깨어 초췌했었지만
나는 굴원 같은 재주도 없고
뜻도 굴원과는 달라라.
쌀을 얻으면 술을 살 뿐이고
술을 얻으면 취할 생각뿐이지.
취한 뒤에 머리 풀고 잠들면
세상만사 나를 얽매지 못한다네.

屈子遷江潭、   獨醒自憔悴。
我無屈子才、   意與屈子異。
得米但沽酒、   得酒但謀醉。
醉後被髮眠、   萬事莫吾累。

생일날 짓다
生日作

부모님이 처음 날 낳으실 때는
내 수명이 길어라 빌어 주셨고,
내가 철이 들 무렵에는
내게 문장 이루라 가르치셨지.
수명이 그 덕택에 늘어났고
문장의 명성 또한 드날렸건만,
지금에 와선 누가 될 뿐이니
신고 겪으며 변방에 귀양살이하네.
어버이 자애를 어이 끊으시랴
한밤에 일어나서 서성이노라.
해와 달은 돌고 또 도니
하늘과 땅이 마침내 아득하구나.
앉아서 남의 집 자식을 보면
저마다 의기양양 관복을 걸쳤으니,
사람 일이란 다 좋기 어려워라
나의 회포는 그 언제나 나아지려나.

父母生我初、　　呪我壽命長。
及我始成立、　　誨我成文章。
壽命賴以延、　　文章名亦揚。
到今只爲累、　　辛苦囚退荒。

親慈割豈斷、　　中夜起彷徨。
日月屢遷次、　　天地終茫茫。
坐看別家兒、　　青紫各翶翔。
人事難兩全、　　我懷何時康。

가뭄

旱

봄비가 농사철 맞춰 내려도
기름진 밭이 많이들 버려지는데,
여름 들어 잇달아 가뭄이 드니
이게 아마도 하늘의 뜻이런가.
하늘이여, 잠깐만 생각해 보소
이러다간 백성들 남아나질 않겠소.
백성들이 모두들 굶어 죽으면
하늘인들 좋을 게 무어 있겠소.

春雨勸稽事。　　良田多自棄。
夏月繼以旱、　　此豈非天意。
請天更小念、　　恐民無子遺。
民若無子遺、　　天亦有何利。

슬프구나 궁한 새야

嗟哉窮鳥歌

슬프구나 궁한 새야 불행한 시대를 만났구나.
강산이 만리요 하늘과 땅이 넓다지만,
날개가 부러져 날지를 못하는구나.
앞에는 날창 뒤에는 화살이 있어,
생명이 위태로워라. 어디로 가려느냐.
저 밝은 하늘이나 네 마음 알아줄까.
슬프구나 궁한 새야, 네 아름다움 삼가거라.

嗟哉窮鳥兮 逢不祥。   江山萬里兮 乾坤長。
六翮遭翦兮 不能翔。   前有畢弋兮 後弩機。
性命咫尺兮 將安歸。   上天孔聰兮 聽不違。
嗟哉窮鳥兮 愼汝徽。

합천에서 소쩍새 울음 소리를 들으며
陜川聞子規

강양(江陽)¹⁾의 봄빛이 밤들며 더욱 서글프니,
잠 깬 뒤 시름 그지없어 나그네의 마음 어지러워라.
모든 일이 뜻대로 안 되니 돌아가는 게 좋으리라고.
자규의 울음소리는 숲 너머에서 자주 들리네.

江陽春色夜悽悽。　　睡罷無端客意迷。
萬事不如歸去好、　　隔林頻聽子規啼。

■

* 이 시부터 《용재집》 제7권 〈남유록(南遊錄)〉에 실려 있다.
1) 합천(陜川)의 옛이름인데, 신라의 대량주(大良州)를 경덕왕이 강양군으로
　 고치고, 고려 현종이 효숙왕후(孝肅王后)의 고향이라 하여 지합주사(知陜
　 州事)로 승격하였다. 조선 태종 때에 합천군으로 만들었다.

흰 옷을 입고 돌아오니
衣白

흰 옷 입고 고향에 돌아오니 금의환향[1]보다 나아라.
나무꾼과 오솔길 다투고 낚시꾼과는 낚시터를 다투네.
한 사발 막걸리로 숲속에서 취하니
인간세상에 시비가 있는 걸 모르겠구나.

衣白還鄕勝錦衣。　　樵蘇爭徑釣爭磯。
瓦甌濁酒林中醉、　　未信人間有是非。

■
* 이 시부터는 《용재집》 제7권 〈창택록(滄澤錄)〉에 실려 있다.
1) 항우(項羽)가 진(秦)나라 궁실이 모두 불타서 잿더미로 변한 것을 보고는
   고향으로 돌아갈 생각을 하면서 "부귀한 신분이 되었는데도 고향에 돌아
   가지 않는다면, 이는 비단옷을 몸에 걸치고서 밤에 돌아다니는 것과 같
   다.[富貴不歸故鄕, 如衣繡夜行.]"라고 말하였다. 《사기(史記)》 권7 〈항우본
   기(項羽本紀)〉

지정을 그리워하며
有懷止亭

그대 정자 이름은 지(止)이고 내 이름은 용(容)이건만
용납한다면서 용납하지 못했고 그치지도 못했지.
오늘 그대를 그리워하건만 그대는 한 자 소식도 없으니
흰 머리 늙은 눈으로 날아가는 기러기 배웅하네.[1]

君亭名止我名容。　　　容不能容止亦同。
今日相思無一字、　　　白頭留眼送飛鴻。

■
1) 위(魏)나라 혜강(嵇康)의 시 〈증수재입군(贈秀才入軍)〉에 "눈으로 멀리 돌
  아가는 기러기를 보내고, 손으로 오현금을 뜯는다.[目送歸鴻 手揮五絃]"
  하였다. 친구를 그리워하는 뜻이다.

팔월 십팔일 밤

八月十八夜

평생 사귀던 벗들 이젠 다 세상을 떠났으니
흰머리로 서로 보아도 그림자와 형체뿐일세.
높은 다락에 달도 밝은 바로 오늘 같은 밤이면,
피리 소리까지도 서글퍼져서 차마 들을 수 없어라.

平生交舊盡凋零。　　白髮相看影與形。
政是高樓明月夜、　　笛聲凄斷不堪聽。

---

* 이 시부터 《용재집》 제7권 〈영남록〉에 실려 있는데, 경진년(1520) 증고
 사(證考使)가 되었을 때 지은 것이다.

'반령에서 잠시 쉬며[半嶺小憩]' 시에 차운하다

次半嶺小憩韻

산길 자주 쉰다고 어찌 방해되랴.
반드시 높이 올라 구름 낀 곳까지 갈 필요는 없네.
쉬다 보니 문득 이 몸이 편안함을 깨달아,
가는 곳마다 하늘의 뜻 즐길 수 있음을 비로소 알겠네.[1]

山徑何妨屢息肩。　　不須高步躡雲烟。
憩來便覺身安穩、　　到處從知可樂天。

■

* 이 시부터는 《용재집》 제8권 〈화주문공남악창수집(和朱文公南岳唱酬集)〉
  에 실려 있다. 주희(朱熹)가 벗 남헌(南軒) 장식(張栻)과 함께 남악(南岳)
  인 형산(衡山)을 등정하면서 지은 시들을 그 차례에 따라 차운한 것인데,
  주희의 원운(原韻)은 《주자대전(朱子大全)》 권5에 실려 있다.
1) 《주역》 계사 상(繫辭上)에 "천리(天理)를 즐기고 천명(天命)을 안다.[樂天
   知命]" 하였다. 굳이 높은 곳을 오르지 않고 힘이 부치면 아무데나 쉬어
   가는 것도 천리에 따라 즐거이 노니는 것이라는 뜻이다.

'서릿달[霜月]' 시에 차운하다
次霜月韻

저녁 들며 가랑비가 온 하늘을 씻어내더니,
밤들자 높은 바람이 어두운 안개를 걷어내네.
새벽 종소리에 꿈 깨어 추위가 뼛속 사무치는데,
흰 달과 푸른 서리가[1] 아름다움을 다투고 있네.

晚來微雨洗長天。　　　入夜高風捲暝烟。
夢覺曉鍾寒徹骨、　　　素娥靑女鬪嬋娟。

세상을 떠나 숨은 정희량을 그리워하며
追悼鄭淳夫用聞長老化去韻

허암거사는 이 세상을 떠나 참 세계를 찾아갔으니,[1]
유유한 세상 일 새로워지는 것을 보지 못하네.
상수에 혼이 있으면[2] 응당 함께 슬퍼해 주련만,[3]
인간 세상엔 그 몸 감추어줄 만한 땅이 없어라.

■

* 원제목이 길다. 〈정순부(鄭淳夫)를 추도(追悼)하며 '장로가 세상을 떠났다는 말을 듣고[聞長老化去]' 시의 운자를 사용하다〉
  순부는 정희량의 자이다. 정희량은 유배에서 풀려난 뒤에 행적을 감추었는데, 이행은 그가 세상을 떠났다고 생각하여 추도(追悼)라는 표현을 썼다. 주희가 지은 시의 원 제목은 〈밤에 방광사에 묵다가 장로 수영이 죽었다는 말을 듣고 경부가 감회가 일어 시를 읊기에 그 시에 차운하다.[夜宿方廣 聞長老守榮化去 敬夫感而賦詩 因次其韻]〉이다.

1) 순부(淳夫)가 임술년(1502) 5월 5일에 스스로 강물에 빠져 죽었다.
  (원주)
  예문관 대교 정희량이 연산군의 잘못을 바로잡으려고 상소했는데, 무오사화 때에 난언(亂言)을 범하였다고 이행 등과 함께 귀양갔다. 사면된 뒤에 모친상을 당하고 여막살이를 하다가, 산책을 나간 뒤에 돌아오지 않았다.

2) 굴원이 자기의 충간이 받아들여지지 않자, 강가를 헤매이다가 상수멱라에 몸을 던져 죽었다. 초나라 사람들은 굴원이 멱라수에 빠져 죽은 날을 5월 5일로 보고, 대대로 제사를 지냈다고 한다.
  정희량의 경우에도 집을 나가 오래도록 돌아오지 않자, 집안 사람들이 이상히 여겨 그를 찾았다. 강가에까지 가 보았더니 짚신 두 켤레와 상복이 물가에 놓여 있었다. 집 사람들이 그가 강물에 빠져 죽은 줄 알고 아무리 찾아보았지만, 시체를 발견하지는 못하였다. 그가 입었던 옷을 묻어서 무덤을 만들었다. 그가 집을 나간 날이 5월 5일이었으므로, 그의 아내가 단옷날을 제삿날로 삼아 늙을 때까지 제사지냈다.

虛庵居士去尋眞。　　不見悠悠世事新。
湘水有魂應共吊、　　人間無地可藏身。

3) 굴원이 멱라수에 몸을 던져 죽은 지 백여 년 뒤인 한나라 효문황제 때에
　태중대부 가의(賈誼)가 장사왕의 태부로 좌천되어 가다가, 상수에서 굴원
　을 조문(弔問)하는 글을 지어 강물에 던졌다.

박은의 시를 읽으며
讀翠軒詩用張湖南舊詩韻

읍취헌 높은 집에 오래도록 주인이 없어,
들보에 비친[1] 밝은 달빛에 그대 모습을 그려보네.
이제부턴 강호의 풍류가 다 사라지리니
인간 세상 어느 곳에서 이런 시를 다시 얻으랴.

挹翠高軒久無主。　　屋樑明月想容姿。
自從湖海風流盡、　　何處人間更有詩。

* 원 제목이 길다. 〈읍취헌(挹翠軒)의 시를 읽고. '장호남의 옛시[張湖南舊詩]' 시의 운자를 사용하다.〉 주희가 지은 원 제목은 〈복엄사에서 장 호남의 옛 시를 읽고[福嚴讀張湖南舊詩]〉이다.

1) 두보(杜甫)가 이백(李白)을 그리워하며 지은 시 〈몽이백(夢李白)〉에 "지는 해가 들보에 가득 비치니, 그대의 안색을 보는 듯해라.[落月滿屋梁 猶疑見顏色]" 하였다.

131

부록

朴誾

李荇

박은의 시와 삶

　박은(1479~1504)은 조선 연산조의 대표적인 시인이요, 갑자사화에 희생된 지사이다. 연산군의 폐정으로 자신의 큰 뜻을 펴지 못한 채 26세에 요절한 그는 시와 술로 일상의 낙을 삼았다. 짧은 생애 속에서도 적지 않은 작품을 남겼던 것은 그 때문이다.

　《읍취헌유고(挹翠軒遺稿)》에 전하는 그의 시는 여러 대가들로부터 높이 평가되었다. 특히 김만중 같은 이는 "읍취헌의 시 솜씨는 삼백 년 만에 한 사람 날 정도다"라고 격찬하였다. 《읍취헌유고》가 전하고 있음에도 《속동문선(續東文選)》에 63수의 작품이 전한다는 것은 예사스러운 일이 아니다.

　박은이 천재시인으로 인정받고 있음은 널리 알려진 바이다. 그러나 그가 연산조의 지사였다는 사실은 드러나 있지 않다. 이행도 일찍이 그의 묘지명을 쓰면서 "세상에서 읍취헌을 논하는 자 모두 군을 문장지사로만 알고 있을 뿐이니, 군이 지닌 뜻이 이같이 훌륭했음을 어이 알겠는가." 하며 매우 아쉬워하였다.

　박은은 비교적 좋은 가문에서 태어나 성장하였다. 부친은 한성부 판관 담손(聃孫)이며, 모친은 경주 이씨(慶州李氏)로 제용감(濟用監) 직장(直長) 이이(李苡)의 딸이다. 아내 고령 신씨(高靈申氏)는 대제학 신용개(申用漑)의 딸이다. 신숙주(申叔舟)의 증손녀가 된다.

박은은 어려서부터 조모 청주 한씨(淸州韓氏)의 사랑과 지엄한 교육을 받으며 성장하였다. 김종직의 문인인 최부(崔溥) 밑에서 수학하여 17세에 급제하였다. 장인 신용개의 비호와 함께 순탄한 벼슬길을 시작하였다. 따라서 나름대로의 포부 역시 지대하였다.

그러나 그가 직면한 현실은 그의 이념과는 상치될 뿐이었다. 그의 정신적 방황이 여기서 시작된다. 끝내 정치적 현실과 타협하지 않는 그는 갑자사화에 희생당할 때까지 교우와 함께 시와 술로써 일상의 낙을 삼았다. 이행·남곤·홍언충(洪彦忠)·정희량(鄭希良)·권민수(權民秀)·달수(達秀) 형제와 승려 혜침(惠忱)·신련(信連) 등이 그의 절친한 벗이었다.

가장 가까이 지냈던 이는 이행·남곤이다. 이행은 박은과 한 살 차이로 같은 동리에서 나서, 함께 배우고, 벼슬과 죄얽음까지도 함께 한, 그야말로 평생을 같이한 지기(知己)였다.

남곤 역시 이행 못지않은 교분을 나눴다. 젊어서부터 출세하기를 서둘러 비행이 적지 않은 남곤은 여러 학사들로부터 비난을 면치 못하였다. 정치적 이념에 있어선, 박은과는 대조적이라 할 만큼 차이가 있다. 그럼에도 이들의 교분은 평생토록 변하지 않았다. 이행이 정신적인 반려자가 되어 도움을 준 이라면, 남곤은 당시의 지위를 빙거로 직접적인 도움을 주었던 인물이다.

이 세 사람의 관계는 자못 흥미롭기까지 하다. 신광한(申光漢)은 이 세 사람의 친분을 칭송하며, 이들의 관계야말로 "글로써 벗하고, 벗으로써 인을 도왔던(以文會友 以友補仁)" 대표적인 예라고 지적하였다.

현존하는 박은의 시 작품은 모두 148편 257수이다. 화답시·기행시가 주류를 이루고 있는데, 이는 박은 자신의 교유

벽·시 편력 또는 당시 시대적 상황에서 비롯한 것으로 생각
된다. 산일된 작품을 일일이 수집해 놓은 것이라는 특수한 이
유와도 무관하지 않다. 이들 작품은 박은의 나이 23세를 전
후로 크게 양상이 다르게 나타나 있다. 23세 이전의 작품에
서 연산조의 패정 하에서 느낀 이상과 현실과의 괴리를 살필
수 있다면, 그 이후의 작품에선 정치적 패배의식으로 야기된
정신적 방황, 현실초극에의 노력, 체념, 달관의 양상을 살필
수 있다.

　우선, 전기의 시 작품을 살피기로 한다. 박은의 전 생애를
통해 볼 때 그가 현실과의 괴리를 가장 절실하게 느꼈던 것은
정치적 현실이었다. 관리가 되어서는 소신껏 예의와 범절을
지키며 자신의 책무를 다하려던 그였다. 항상 백성들의 무고
함을 걱정하며 직언을 서슴지 않던 그였다.

　그러나 연산조의 현실에서는 그 같은 고충을 알아주기는커
녕 오히려 자신의 목숨을 보존하는 것만으로도 다행이었다.
이 같은 현실에서 느끼는 정신적 갈등은 그의 시 작품 가운데
'출처(出處)'·'행장(行藏)'·'거류(去留)'·'부침(浮沈)' 등의 시어
가 빈번히 사용되고 있음에서도 확인할 수 있다. 몇 가지 예
만 보인다.

　　　떠밀면 어느새 가 버리고
　　　만류하면 다시 머물러 있으니
　　　가부를 헤아리기 어렵고
　　　행장을 정할 수 없어라.
　　　〈記舊三輒成短律〉

　　　행장은 예측할 수 없는 것

성현도 떼 타고 떠나려 했네.
〈汔興陽浦〉

천고의 설운 회포도 허망한 것
십 년 세월 출처함에 상량 요하네.
〈過寅庵劇飲〉

출처를 잘 처리하라
굶고 떪 도모하기 어렵나니.
〈聊以短詩相問〉

부침함에 미운 눈 많고
출처함에 선비만 그르치는데.
〈依靈通舊令〉

　23세 때 파직된 이후로는 오로지 시와 술만을 즐기고, 귀전
원(歸田園)만을 꿈꾸었음을 다음 시에서 살필 수 있다.

게으르매 친구의 방문 끊어졌고
시름하매 문자를 가지고 희롱한다
풍광은 아무리 기뻐할 만하여도
세상일은 나를 넉넉하게 하지 않네.
돌아가려고 하나 농사집이 가난하고
잠 못 이루매 봄 밤 더욱 길어라.
〈夜坐感懷和容齋〉

　귀전원의 바람마저도 이룰 수 없었던 박은이 의탁할 수 있

는 것은 결국 시와 술뿐이다. 술에 만취됨으로써 목전의 현실에 눈을 감고, 어느 정도로는 자적할 수 있으리라는 생각에서이다. 본래부터 박은이 술을 즐겼던 것은 아니었다. 매제인 안성지(安誠之)와 술의 좋고 나쁨을 따질 정도로 멀리하였던 그였다. 그러던 박은이 돌연 술에 만취코자 했던 것은 가슴속의 '덩어리' 때문이었다.

젊어선 술을 끊으려 했건만
중년 들며 잔 들기를 좋아하였네.
이 물건이 좋다니 무엇 때문일까
아마도 가슴속에 덩어리가 있어서겠지.

여기서 '덩어리'란 다름 아닌, 정치적 패배의식으로 인해 마음속에 응어리진 한(恨)이다. 파직된 이후의 시에서 살필 수 있는 또 다른 면은 기행시가 주류를 이루고 있다는 점이다. 기행은 박은이 귀전원의 꿈조차 이룰 수 없었던 상황에서 찾아낸 돌파구였다. 일시적이나마 현실에서 벗어나 자연의 흥취를 즐김으로써 자위코자 한 것이다. 다음 시에서 그 일면을 본다.

하늘이 내게 낸 턱 다사했네마는
풍우도 괜찮았고 개어도 좋았었네.
이미 호산서 절승을 흡족히 누렸거니
평생의 불우쯤이야 심하다 탓하리오.
〈乘月下楮子島宿押鷗亭下〉

박은의 후기 작품은 25세 때 겪은 아내 신 씨의 죽음을 계

기로 또 다른 양상을 띠고 있다. 앞에서 살핀 바가 현실초극
에의 노력을 보여준 것이라면, 25세 이후의 작품에서는 체념
과 달관의 경지를 살필 수 있다. 수많은 죽음을 보아온 박은
이지만, 아내 신 씨의 죽음은 더없이 큰 충격을 안겨주었다.
아내의 죽음을 애도한 〈亡室高靈申氏行狀〉에서 당시의 상황
을 가늠할 수 있다.

　다음 시구에서 볼 수 있는 '웃음'은 자조·체념·달관의 모
습을 형상화한 것으로, 박은 시의 말기적 경향을 잘 드러내
보이고 있다.

　　　스스로 웃나니 지금 같아선 한 가지 흥도 없고
　　　가여워라 약속 있어도 자리 같이 못하누나.
　　　〈和擇之〉

　　　만사는 한 번 웃음거리도 못 되나니
　　　세월 흘러간 청산에 뜬 먼지뿐일레.
　　　〈福靈寺〉

　　　만사를 하늘에 묻다 스스로 웃나니
　　　이 마음은 세상과 서로 피할 수 없네.
　　　〈過寓庵劇飮〉

　이덕무는 박은의 시 가운데 '노(老)' '쇠(衰)'자가 흔히 쓰여
지고 있음을 들어 정상에 반하는 것은 상서롭지 못하다고 하
면서, 26세에 요절한 박은의 죽음과 시 세계를 연관지었다
《청장관전서》 권 53, 〈이목구심서〉 6). 이 지적은 박은의 시 세계를
시사하는 가장 적절한 평이라 할 수 있다.

박은은 조선 초기의 학소(學蘇) 일변도의 경향에서 벗어나, 강서파(江西派)의 시풍을 배워 성공한 대표적인 시인으로 평가되고 있다. '해동강서파(海東江西派)의 맹주(盟主)'로까지 추대되었다.

　여러 대가들이 그의 시를 높이 평가하고 있지만, 정조대왕의 평이 주목할 만하다. 정조대왕은 "세상 사람들이 박은의 시를 일러, 소식과 황정견을 배웠다고 하나, 실제에 있어선 스스로 얻은 신경(神境)이 있으며, 당조송격(唐調宋格)으로 가히 시가의 절품이다"라고 평하였다. '당조송격'이라 함은 당시(唐詩)의 감상적이고 유미적인 시풍과 송시(宋詩)의 사실적인 시풍을 겸하였음을 말한다.

　이제까지 우리나라 한시의 경향을 선조대(宣祖代)를 구분점으로 해서 전기를 송시풍(宋詩風), 후기를 당시풍(唐詩風)으로 구분하고 있음이 일반적이다. 여기서 박은의 시풍이 당조송격이었다는 지적은 바로 그가 송시풍에서 당시풍으로 넘어가는 과도기에서 활동한 대표적인 시인이었다는 또 다른 의미를 지니게 된다.

　- 홍순석(강남대)

박은 연보

- 박은의 자는 중열(仲說), 호는 읍취헌(挹翠軒), 본관은 고령
  (高靈)이다.
- 읍취헌이란 호는 그가 남산에 거처하였을 때 서재에 붙인
  당호(堂號)이자, 자호(字號)이다.
- 1479년(성종 10년), 고령 용담촌에서 장남으로 출생하였다.
  4세 때 독서할 줄 알았으며, 8세 때 대의(大義)를 이해하였
  고, 15세 때는 문장으로 명성을 떨쳤다.
- 1493년, 고령 신 씨와 결혼하였다(15세).
- 1495년(연산 1년), 17세로 진사가 되었다.
- 1496년, 식년 문과에 병과로 급제하여 승문원 정자(正字)가
  되었다.
- 1497년, 용산 독서당에서 홍언충(洪彦忠)과 함께 상소하여
  시무10여조를 논하였다.
- 사가독서자에 선발되어 용산 독서당에서 독서하였다.
- 이후 승문원 권지, 홍문관 정자, 수찬을 역임하였고 경연관
  을 겸임하였다.
- 1498년, 무오사화. 유자광, 성준 등의 전횡에 맞서 연일 상
  소하였다.
- 1500년, 3월에 홍문관 부수찬이 되어, 연산이 밤까지 사냥
  한 일을 논계하였다.
- 1501년, 유자광·성준 등의 죄상을 상소하다가 '사사부실

(詐似不實)'이라는 죄목으로 파직되었다(12월 13일).

- 1502년, 7월에 이행, 남곤과 함께 잠두를 유람하고 〈잠두록(蠶頭錄)〉을 지었다.
- 1503년, 아내 신 씨가 죽었다(25세).
- 1504년(연산 10년), 지제교로 복직되었다.
- 지난 날 연산군이 밤늦게까지 사냥한 일에 대하여 연명으로 상소한 것이 빌미가 되어 동래로 유배되었다(4월 2일).
- 군기시 앞에서 효수되었다(6월 15일).
- 박은의 시체를 들판에서 포쇄케 한 뒤 평장케 하였다(8월 16일).
- 1505년, 추질하여 '음사해인(陰邪害人)'이라는 죄목을 추가하였다.
- 1506년(중종 1년), 도승지로 추증하였다.
- 1507년, 3월에 용인군 내사면 식금리에 아내 고령 신 씨와 합장되었다.
- 1514년, 이행과 남곤이 문집《읍취헌유고》를 간행해 주었다. 서문은 이행이 지었다.
- 1590년에는 손자들이 문집 별고(別稿)를 간행하고, 1651년에는 정두경이, 1709년에는 유득일이, 1795년에는 정조가 문집을 간행하였다.

이행의 시와 삶

이행(1478~1534)은 우리 한시 문단에서 박은과 함께 연산, 중종조를 대표하는 시인이다. 허균은 이행의 시를 가장 아낀다면서, 우리나라 제일의 시인으로 손꼽힐 만하다고 하였다.

60편이 넘는 부(賦)를 남긴 이행은 부가(賦家)로서도 명성이 있다. 또한 그림에도 남다른 재주가 있어 많은 제화시를 남겼다.

이행은 다방면에 재능을 보인 것처럼 남다른 인생 체험을 하였다. 연산, 중종조의 무오, 갑자, 기묘사화를 직접 겪었다. 그리고 신분상으로도 유배지에서의 노비로부터 좌의정까지 두루 지냈다. 관각을 대표하는 대제학의 자리에도 있었다. 일생 동안 네 차례나 유배되었고, 결국은 57세의 나이로 유배지에서 일생을 마쳤다. 실로 그의 인생 자체가 시였음을 감지할 수 있다.

이행은 자신의 생활 환경이 바뀔 때마다 한 권의 시고를 엮고는 그에 걸맞는 이름을 붙여 두었다. 〈조천록〉〈적거록〉〈남천록〉〈해도록〉〈창택록〉〈남유록〉〈영남록〉〈차황화집〉〈동사집〉〈화남악창수집〉 등이 그것이다. 이들 시고는 모두 이광이 편간한 《용재집》에 전한다. 주세붕이 이행의 시를 일러,

그의 시문은 사실을 근거로 곧바로 써내려 간 것이다. 꾸밈

이 없고, 괴이하거나 험절한 말을 사용하지 않았다. 자연스러움은 신이 만든 듯하여, 다듬은 흔적이 없다. 인간의 정감을 다하고, 사물의 이치에 해박하여 그 신묘함이 뛰어났는데, 생각이 미칠 수 없는 정도라.

〈용재선생행장〉

라고 격찬하였다. 위의 글에서 "인간의 정감을 다하고, 사물의 이치에 해박하였다"는 언표는 곧 '인간적 정감의 표출'과 '현실 세계에 대한 인식'이 뚜렷하였다는 사실을 의미한다. 그리고 이것은 시의 일반론에서 말하는 '자아'와 '세계'라는 개념으로 대신할 수 있다.

이행이 그의 시에서 추구한 자아에 대한 사실적 통찰은 대부분 시 속의 객체와 서정적 자아가 화합한 양상으로 나타난다. 이때 서정적 자아는 관찰자의 입장에 서기도 하고, 직접 '자신'으로 형상화되기도 한다.

"우연히 벽 사이에서 벌레 한 마리를 잡아 놓고는 자신과 같은 처지여서 놓아주고 난 뒤에 감회를 적었다(『용재집』권5 〈남유록〉)"는 시는 전자의 예로 이행 시의 주류를 이룬다.

한편, 〈매미〉에서의 '매미', 〈再次子眞十首〉에서의 '망아지' 등은 바로 이행 자신의 형상화로 후자의 대표적인 예에 해당한다.

자아에 대한 사실적 통찰은 '죽음의식'에서도 절실하게 나타난다. 이행은 여러 차례의 사화를 겪으면서 남달리 수많은 죽음을 보아 왔다. 박은을 비롯한 교유인물 거의가 갑자사화 이전에 죽었고, 권달수는 자신을 대신해서 희생당한 이다. 이행 자신도 28세 때 죽음 직전에서 겨우 살아난 경험이 있다. 그래서인지 그는 함종 유배지에서 일생을 마칠 때까지 부단히 죽음을 의식하였다.

이행의 시 전반에서 감지할 수 있는 '애상과 조락의 미'는 바로 이러한 죽음의식의 반영이라 할 수 있다. 허균이 이행의 대표작이라고 격찬하며, "감개가 그지없어 읽을수록 처량해진다"고 한 〈八月十八夜〉는 홍언충과 권달수의 죽음을 애도하며 울적한 심회를 토로한 작품이다.

객체에 대한 시각은 그가 살았던 당대의 현실을 그린 사회시에서 더욱 뚜렷하게 나타난다. 이행은 연산, 중종조의 부패를 직접 목도하고 현실 그대로를 형상화하였다. 그것은 관료로서의 객관적 입장에서가 아니라, 유배지에서 친민의 신분으로 체험한 바를 그린 것이기에 더욱 절실하다. 기근으로 인한 소농민의 핍박(〈松簷〉), 막중한 세금의 착취(〈詠物伍絶〉), 빈번한 부역으로 인한 가정의 파탄(〈記事〉) 등 도탄에서 신음하는 농민층의 아픔을 대변하고 있다.

당대의 역사적 사건을 소재로 한 작품에서도 이 같은 시각은 변함이 없다. 왜구의 빈번한 침입에도 불구하고 아무런 방비 없이 당하고 있는 관료와 장수들을 보고 개탄하였으며(〈嗟哉將軍吟〉), 피난하다가 무지하여 스스로 목숨을 끊는 백성들의 참상을 그리기도 하였다(〈纍纍吟〉). 입만 성한 사대부와 자신의 안일만을 앞세운 장수들을 신랄하게 비판한 예도 있다(〈聞態川城陷〉). 단편적인 예이기는 하나, 이행 시의 이러한 경향은 그의 시가 현실파악의 문학으로서 리얼리즘 경향을 띠었음을 시사한다.

이행은 한때 대제학의 위치에서 관각문학을 대표하던 시인이다. 그럼에도 불구하고 그의 시 전반에 침울한 분위기와 허무적인 내용이 기교 위주로 그려져 있다. 이 같은 사실은 중요한 의미를 지닌다. 그것은 곧, 이행 이후 관각문학이 제 방

향을 잃고, 도문일치를 주장한 사림파 문학에 자리를 내주는
결과를 초래한 사실과 무관하지 않다.

  - 홍순석(강남대)

이행 연보

- 이행의 자는 택지(擇之), 호는 용재(容齋)·창택어수(滄澤漁叟)·청학도인(靑鶴道人)이며 본관은 덕수이다.
- 1478년(성종 9년), 이의무의 셋째 아들로 태어났다(5월 22일).
- 1495년(연산 1년), 18세의 나이로 병과에 급제, 권지승문원 부정자에 제수되었다.
- 1499년,《성종실록》편수에 참여하였다.
- 1500년, 질정관으로 명나라에 다녀왔다.
- 1504년, 폐비 윤 씨의 문제로 충주에 유배되었다.
- 1505년, 익명서 사건으로 거제도에 유배되었다.
- 1506년(중종 1년), 유배지에서 풀려나 홍문관 교리로 소환되었다. 이후로는 순탄하게 부응교, 사성, 사간을 거쳐 대사간에 이르렀다.
- 1518년(중종 13년), 병조참의, 호조참의에 제수되었으나, 사양하였다.《속동문선》찬집에 참여하였다.
- 1519년, 기묘사화. 홍문관 부제학으로 소환되었다.
- 1520년, 홍문관, 예문관 대제학에 이르렀다.
- 1530년, 우의정을 거쳐 좌의정에 이르렀다.
- 1531년, 김안로의 탄핵으로 벼슬에서 물러났다.
- 1532년, 이종익이 이행의 무고를 상소한 것이 오히려 화근이 되어 함종으로 유배되었다.
- 1534년(중종 29년), 함종 유배지에서 57세로 세상을 마쳤다.

原詩題目 찾아보기

옮긴이 **허경진**은 연세대학교 국어국문학과를 졸업하고,
같은 대학원에서 문학박사 학위를 받았다. 목원대학교 국어교육과 교수와
열상고전연구회 회장을 거쳐, 연세대학교 국문과 교수를 역임했다.
《한국의 한시》총서 외 주요저서로는《조선위항문학사》,《허균 평전》,
《허균 시 연구》,《대전지역 누정문학연구》,
《성호학파의 좌장 소남 윤동규》등이 있고,
옮긴 책으로는《연암 박지원 소설집》,《매천야록》,
《서유견문》,《삼국유사》,《택리지》,《허난설헌 시집》,
《주해 천자문》,《정일당 강지덕 시집》등 다수가 있다.

韓國의 漢詩 5

朴誾 • 李荇 詩選

초 판 1쇄 발행일	1990년 5월 1일	
개정증보판 1쇄 발행일	2022년 2월 5일	

옮 긴 이   허경진
만 든 이   이정옥
만 든 곳   평민사
　　　　　서울시 은평구 수색로 340 〈202호〉
　　　　　전화 : 02) 375-8571
　　　　　팩스 : 02) 375-8573
　　　　　http://blog.naver.com/pyung1976
　　　　　이메일　pyung1976@naver.com
등록번호　25100-2015-000102호
ISBN　　　978-89-7115-816-6　04810
　　　　　978-89-7115-476-2　(set)
정 　 가　12,000원